KB081766

나는 괴산의
시골버스 기사입니다

나는 괴산의
시골버스 기사입니다

시골버스 운전석에 앉아 적어 내려간 묵묵한 운행일지

한귀영 지음

인생의 행로는 버스가 다니는 운행노선과 같습니다. 첫 노선은 미지의 세계로 가는 호기심과 두려움이 교차하지만, 시간이 지나 반복되는 일상은 우리의 삶을 지루하게 만들거나, 지치게 합니다.

    그러나 내 마음대로 새로운 길을 개척해서 가기가 어렵습니다. 누군가가 그려놓은 노선을 따라 다람쥐 쳇바퀴 돌 듯이 도는 것이, 어쩌면 우리가 타고난 운명인지도 모릅니다. 내 자유의지대로 멈출 수가 없습니다. 내리는 승객이 있어야 버스는 멈춥니다.

    그러나, 약속 시각에 늦은 승객은 버스가 멈추지 말고 계속 가기를 원하지만, 내리는 승객이 있으면 멈춰야 합니다. 그 승객 때문에 나의 시간이 지체됩니다. 억울해도 어쩔 수 없습니다. 이런 현상은 버스에 타고 있는 모든 사람이 공동 운명체이기 때문에 일어나는 일입니다.

우리가 사는 사회는 나 혼자만이 사는 세상이 아닙니다. 나 혼자 고고하게 살고 싶다고 해도 그렇게 되지 않습니다. 우리가 사는 사회는 서로 상호적이어서, 내가 하는 행동이 다른 사람의 삶에도 영향을 미치며, 타인의 행동이 나의 운명을 바꾸기도 합니다. 마치 커다란 공동 운명체 버스를 타고 있는 것과 같습니다.

또한 그 버스에는 우리의 이웃도, 가족도 함께 타고 있습니다. 그리고 그 버스의 기사는 우리 가족의 '가장'입니다.

버스 기사라는 직업은 피곤한 직업입니다. 정신적, 육체적 모두…. 가끔 방전된 에너지를 충전하고자, 한 노선이 끝나고 살짝 끼어든 시간적 틈을 이용해 운전석에 앉은 채로 눈을 붙입니다.

그 짧은 시각에도 꿈을 꿉니다. 아내와의 만남, 학창 시절, 도시에서의 생활 등. 천연색의 화려한 꿈을 꿉니다.

잠에서 깨어나 운전석에 앉아 있는 저 자신을 발견하고는 현재의 직업에 새삼스러움을 느낍니다. 벌써, 시골버스 기사 생활이 4년 차가 다 되어가지만, 어디까지가 꿈이고 현실인지 분간을 못 할 때도 있습니다.

버스 안에는 자신의 목숨을 버스 기사에 내맡긴 승객들의 눈이 저를 쳐다봅니다. 직업으로 버스 기사를 택하면서, 버스를 타고 내리는 승객들의 안전에 대한 무한한 책임감을 느낍니다. 또한, 버스 기사로 생활하는 나에 대한 연민은 접어두었더라도, 버스 기사의 넉넉지 못한 급여로 옹색한 가정경제를 꾸려나가게 한 장본인으로서 아내에게 미안함을 느낍니다.

이 책에 실린 글들은 버스 좌석에 쪼그리고 앉아 잠자면서 꾸었던 꿈속 이야기들입니다. 우리 이웃의 이야기도, 저의 과거와 가족 이야기도 있습니다.

시골버스는 이 땅에서 살아가는, 힘없고 가진 것 없는 소시민들의 생활공간입니다. 그분들의 이야기를 통하여, 이 책을 읽는 독자들이 그분들보다 상대적으로 얼마나 많은 것을 소유하며, 누리고 살아왔는지 되돌아보는 계기가 되었으면 좋겠습니다.

그리고 저의 작은 글이 인생이란 버스를 운전하며, 눈 덮인 고개를 넘는 당신에게 힘을 드릴 수 있기를 기원합니다.

끝으로, 人生이란 버스를 몰고 다니시는 이 땅의 모든 家長들과 아내에게 이 글을 바칩니다.

— 괴산 시골버스 기사 한귀영

차례

III

우리 모두 아래를 보고 살자

IV

우리의 정다운 이웃들

V

자화상

VI

여자! 또 하나의 다른 이름, 어머니

VII

분노 유발자들

I

나는 괴산의
시골버스 기사입니다

나는 괴산의 시골버스 운전사이다. 괴산 산골 마을을 구석구석 하나도 빼지 않고 잘도 쑤시고 다닌다. 특히 요즘 같은 단풍이 드는 가을에는 버스 엔진 소리는 음악이요, 동네 할머니들 수다는 노랫가락이다. 버스 노선 주변 풍경은 가는 곳마다 한 폭의 동양화이고, 신선들이 모여 사는 선경仙境이다.

이 시골버스의 승객 중 8할 이상은 노인들이다. 귀도 잘 안 들리고, 몸도 마음대로 움직이지 못하는 노인들. 나머지 2할은 학생, 장애인들, 외국인 이주 노동자들. 우리와 같은 시대를 살아가는 이웃이자 우리가 보살펴야 할 약자들이다.

시골버스 기사를 하기 전 나는 농부였다. 표고버섯을 재배하는 농부였다. 만 9년을 했으니 전문가는 아닐지라도 농부라는 타이틀은 써먹어도 될 것 같다. 버섯 값 하락으로 인해 경제적으로 어려움을 겪고 있었기에 고정적인 수입이 필요하여, 직장을 물색하던 중 예전부터 해보고 싶었던 버스 기사가 눈에 들어왔다. 생각난 김에 무조건 학원에 찾아가 대형면허시험 과정에 등록했고, 계획대로 무사히 대형면허를 취득했다.

문제는 그 이후부터 어떻게 해야 할지였다. 괴산군에는 버스회사가 하나밖에 없어 타지에서 직장생활을 한다면 또 모를까 선택지는 하나였다. 대형면허시험에 합격하고 면허증을 대형으로 갱신하기 위하여 면허증도 반납한 임시면허 소유자가 무슨 용기가 났는지, 괴산군에 하나밖에 없다는 버스회사 사무실 문을 두드렸다.

"혹시 여기 버스 기사 채용 안 하십니까?" 간이 배 밖으로 나온 사람의 질문이다.

"수시로 채용합니다만 겨울에는 계획이 없습니다. 이력서나 한 장 써놓고 가십시오."

문의한 사람에 대한 의례적인 답변이었지만 '겨울'이라는 단어에서 회망을 보았다. '채용 계획이 겨울에는 없지만 그외 계절에는 있다는 거잖아!' 이때부터 나의 고민은 또 시작되었다.

'도대체 이력서를 뭘로 채우나? 표고 농사 했다고? 반도체 lead frame 팔러 다녔다고?'

버스 기사와는 전혀 관계없는 경력만 가지고 있으니, 내가 봐도 한심했다. 일단, 면허증이 나오자마자 정밀 적성검사를 패스하고, 밤새 공부하여 버스운전자격시험에 합격했다. 급조하여 만들어진 증명서를 면허증과 함께 복사해 이력서에 첨부하고, 회사에서 원하지도 않은 자기소개서를 정성껏 써서 제출했다.

하늘이 도왔는지 이력서를 제출하고 1주일쯤 지나서 버스회사에서 전화가 왔다. 그때는 누군지 몰랐으나 지금 보니 배차 주임 목소리였다.

"내일 나오셔서 테스트하려고 하는데 시간 되시겠습니까?" 전화기 너머로 천상의 목소리가 들렸다. 안 되는 것이 뭐가 있겠는가? 없는 시간도 만들 판이었는데.

다음날 버스회사에 가서 버스 운전 실기테스트를 받았다. 사무실 배차 주임, 정비실 정비사, 선배 기사(테스트를 받던 날 너무 정신이 없어서 누구였는지 지금도 모른다), 그리고 나, 이렇게 네 명이 예비 버스를 타고 나갔다. 한적한 곳에 세우더니 나더러 버스를 끌고 가라고 했다.

여러분은 혹시 연식이 10년이 거의 다 되어가고, 100만 킬로미터를 넘도록 운행한 버스를 운전해 보았는가? 운전학원에 연습생들이 맨날 고장 낸 연습용 버스가 훨씬 좋았다. 5단 기어는 체인지 레버의 이격離隔이 너무 커서 운전석 옆에 있는 돈통을 손등이 스치도록 밀어 넣어야 겨우 들어갔고, 나는 돈통에 손등의 피부 일부분을 상납해야 했다. 나중에 들은 이야기이지만, 그 차를 처음 운전한 기사치고 손등 피부가 벗겨지지 않은 기사가 없다고 했다. 그 버스는 내가 입사하고 며칠 있다가 폐차장으로 사라졌다.

어찌 됐건 무사히 테스트를 마치고 터미널로 돌아왔다.

"집에 가 계시면 연락드릴게요!"

또 피가 마르는 기다림이 시작됐다. 그로부터 일주일 후 전화가 왔다.

"내일부터 나오셔서 견습하십시오."

나는 견습見習 기사가 됐고 약 한 달 동안 괴산군 내 버스 노선을 이 잡듯이 돌아다녔다.

버스 업계에서는 수습이라고 하시 않고 견습이라고 한다. 견습이 끝나고 정식으로 배차를 받아 버스 운행을 나간 시점부터 3개월까지의 기사를 수습修習 기사라 하고, 선배 기사 옆에서 노선을 배우는 이를 견습 기사라고 한다. 말이 좋아 견습 기사이지, 한 달 동안 운전하지 않고 버스를 타고 길 외우러 돌아다녀 보면 이 직업이 얼마나 피곤한 직업인지 금방 알 수 있다. 그래도 나는 견습 2주일 만에 선배 기사로부터 버스 운전석을 양도받았으니 얼마나 행운인가?

'내가 괴산에 귀농한 지도 10년이 다 되었고, 내가 직접 운전해서 돌아다녔으니 무슨 괴산 바닥 외우는 데 한 달씩 걸리겠는가? 한 3일이면 되겠지!'

참으로 시건방이 하늘을 찌르는 발언이 아닐 수 없었다. 버스 노선 견습을 시작한 지 3일쯤 되었을 때.

'과연 내가 이거 할 수 있을까?' 하는 회의가 들기 시작했다. 나는 괴산 바닥이 그렇게 넓은지를 버스 견습 후 알게 되었다. 괴산군의 일개一介 면에 지나지 않는 청천면이 진천군 전체면적과 비슷하다고 하니, 괴산군이 크긴 큰 모양이다. 나중에 확인해보니 청천면이 진천군의 절반쯤 되는데, 워낙 청천면의 면적이 크다 보니, 세상의 허풍이 조금 스며들었던 모양이다. 온천 휴양지인 충주 수안보면과 증평군도 각각 괴산군 상모면, 괴산군 증평읍에서 떨어져 나간 것이라 했고, 그런 이유 때문에 아직도 괴산군 버스가 그 지역을 내 동네처럼 운행하고 있으며, 청주 쪽으로는 미원, 오창과 경북 쪽으로는 화북, 상주, 그리고 음성 등을 다니며 하루에 400킬로미터를 넘도록 돌아다니는 노선도 있다.

괴산에서 대대로 살아오신 노인들은 아직도 젊어서 누비고 다니던 옛날 괴산 땅이 그분들의 주요 활동 무대이다. 물 흐르는 곳에 도 경계가 생기고, 산이 가로막아 마을 경계가 생긴다. 그리고 사람의 생활권을 따라서 버스 노선이 생겼다. 그래서 아직도 괴산 버스 노선은 그분들의 활동 구역을 쫓아서 남의 동네를 제집 드나들 듯이 돌아다닌다.

덕분에 시골버스 기사들은 행정구역 괴산뿐만 아니라 예전의 괴산 영역을 구석구석 쑤시고 다니느라 힘들다. 더욱이 거기 껌딱지처럼 붙어 다니는 견습 기사는 그 많고 복잡한 노선을 외우느라 머리에 쥐가 날 지경이다. 약간의 두통과 함께 한 달간의 나의 견습 기사 생활은 그렇게 마무리되었다.

II

사랑하는
나의 가족

① 아내의 얼굴에서는 아무 향기가 없다

시골버스 기사 생활을 한 지도 벌써 2년 3개월째 접어들고 있다. 처음에는 모든 것이 남의 옷을 빌려 입은 것처럼 어색하더니 이제는 모든 것이 자연스러워졌다. 아니, 매너리즘에 빠진 것 같아 두려울 지경이다.

새벽 다섯 시에 자명종을 맞추어 놓고도 혹시나 지각 걱정으로 밤새 뒤척이기도 했던 세월이 엊그제 같은데. 전날 노선에 노인들이 많이 승차했거나, 장날인 경우를 제외하고는 알람 관계없이 새벽 다섯 시 전후로 자동 기상이나.

그리고 간단한 외출 준비를 마치고, 운행이 있는 날이면, 가수 설운도의 노랫말처럼 '비가 오나~ 눈이 오나~ 바람이 부나~' 괴산군 시내버스 터미널로 출근한다. 가능한 잠든 아내가 깨지 않도록 발뒤꿈치를 들고 까치 발로 새벽을 열지만, 잠귀가 밝은 아내는 바로 일어나서 내 출근을 챙긴다.

"그냥 더 자!"

아내도 시골에 온 후 시원찮은 경제활동을 하는 남편 때문에 맞벌이를 열심히 하고 있어서 혹시, 나 때문에 잠이 모자랄까 봐 하는 말이다.

"아니, 당신 간 다음에…."

아내가 마음 편하게 해주려고 하는 말이다. 괜히 마음이 짠하다. 가끔 아내가 깨지 않고 곤히 자고 있을 때가 있다. 그러면 아내 얼굴에 코를 대고 냄새를 맡아본다. 아내가 이 사실을 알면 기겁할 노릇이지만. 아내의 얼굴에서는 아무 향기가 없다.

예전 연애 시절 아내 근처에서 느껴졌던 그런 향기가 안 난다. 지금의 아내에게는 어머니에게 느꼈던 푸근한 향기가 난다. 이제 중년에 접어든 한 여자의 평범한 얼굴이다. 전쟁터 같은 삶을 견뎌온 전우의 얼굴이요, 평생 뜻을 같이한 동지의 얼굴이다.

아들아!
너는 이런 사람이 되면 좋겠다

　　내가 사는 마을 앞 승강장에서 낯이 많이 익은 학생이 버스에 올랐다. 자세히 보니 우리 아들놈이다. 코로나 때문에 마스크로 얼굴 반을 가렸으니, '저놈이 내 아들인지, 이놈이 내 아들인지' 헷갈릴 때가 있다.

　　아들놈이 버스에 오르자마자 단말기에 카드를 척 갖다 대었다. "안녕하세요." 단말기에서 기계음이 흘러나왔다. (일반은 '감사합니다', 청소년은 '안녕하세요', 어린이는 '반갑습니다'이다. 그래서 소리만 들어도 누가 버스에 승차했는지 대충 알 수 있다)

　　"아들아! 아빠가 운전하는 버스인데 요금을 꼭 내야겠니?"

　　"이 버스가 아빠 것은 아니잖아! 남들과 똑같이 대해줘!"

나는 시골로 이사 오면서 많은 것을 내려놓으려 노력했다. 그중 아이 교육 문제는 아직도 가끔 후회하는 항목 중 하나임을 고백한다. 도시에서 24시간이 모자라도록 학력 보충을 위해 학원으로 다니는 애들. 입으로는 잘못된 것이라 이야기하지만, 결과로는 명문대 입학과 졸업, 그리고 대기업 취업, 사회적으로 성공한 인생이라는 묵시적 인정.

물론 내 아이들이 어떻게 성장할지는 나도 모른다. 그러나 부모의 사회적 지위로 남들보다 앞서 출발할 수 있는 기회를 못 마련한 것이 마음에 걸릴 뿐이다. 요즘 공정사회에 대하여 여러 사람이 부르짖고 있지만, 내 자식은 예외라는 것이 모든 부모의 마음이 아닐까?

아들아! 너는 내 것, 네 것 가릴 줄 아는 사람으로 크면 좋겠다.

아들아! 너는 염치를 아는 어른으로 성장하면 좋겠다.

아들아! 아빠는 네가 약한 자를 보살피는 사람이 되면 좋겠다.

3
익숙함과 새삼스러움에 대하여

　　나는 이 세상이 익숙하다. 버스 운전이 그러하
다. 이제 3년이 지나 익숙함을 넘어 매너리즘에 빠질 지경이
다. 익숙함은 능숙한 일 처리와 마음에 안정을 주지만 반대로
무관심을 동반한다. 숨 쉬는 공기가 익숙해서 공기의 귀중함
을 모르듯 익숙한 친구에게 예의 없이 대하고도 잘못을 모른
다. 또 당연하게 여긴다.

　가족 또한 마찬가지다. 식구의 익숙함으로 가족의 소중함
마저 잊고 산다. 그러나 그 가족이 본인을 바라보고 산다는
것을 의식하는 순간부터 가장이라는 타이틀이 새삼스러워
진다.

버스에 승객이 빼곡히 앉아 나를 쳐다보는 것을 인식하는 순간 익숙함은 새삼스러움으로 바뀐다. 학생들이나 젊은 친구들은 스마트폰을 들여다보거나 블루투스 이어폰을 끼고 자신만의 세상을 즐기지만 노인들은 주변 사람과 이야기를 나누지 않으면 시골버스 기사만 뚫어져라 쳐다본다. 그러하니 시선이 너무도 뜨거워 내 머리 뒤통수가 뜨끈할 지경이다. 그럴 때면 버스 운전을 하는 나 자신이 새삼스럽고 나를 관심 있게 지켜보는 여러 눈이 새삼스러워진다. 새삼스러움은 조심스러움으로 변하고 곧이어 승객의 안전에 대한 책임감이 좇아온다.

혼자만을 생각하며 30여 년을 살아오다 내 나이 서른하나에 아내와 결혼하였다. 모르던 여자의 옆자리에 누워 잠을 잔다는 것이 너무도 신기했다. 그 사실이 익숙해질 무렵 큰딸이 태어났다. 얼마 전까지도 세상에 없었던 나랑 비슷한 애가 거실 바닥을 기어 다닌다는 것은 신기함을 넘어 경이로움이었다.

이렇게 세 식구가 9년을 살았다. 내 나이 마흔이 되고 큰딸이 태어난 지 9년 만에 작은아들이 태어났다. 이제 그놈이 열여덟 살, 고등학교 3학년이 되었다. 시골에 온 후 교통편이 안 좋다는 핑게로 가끔은 친구 집에서 외박도 한다.

버스 운행을 무사히 마치고 퇴근하면 제일 먼저 아내가 현관문을 열어놓고 나를 맞아준다. 거실에 들어서면 큰딸이 실내 자전거에 올라앉은 채 혹은 요가 매트에서 체조하는 자세로 아빠에게 인사를 건넨다. 그리고는 집안이 들썩하는 음량으로 동생을 부르면 이층에서 아들이 뛰어 내려와 아빠를 꼭 안아준다. 얼마 전까지는 내가 안아주었는데 이제는 이놈이 날 끌어안는다.

Ⅲ

우리 모두
아래를 보고 살자

1
그렇게 하는 것이 나의 도리

버스 기사 바로 뒷자리는 청탁의 자리다. 버스 기사에게 하고 싶은 말이나 원하는 것이 있는 승객은 기사 바로 뒷자리에 앉는다. 더구나 그 자리는 룸미러를 통하여 서로의 얼굴이 빤히 보이기에 기사들은 그 자리에 앉는 승객을 탐탁지 않게 여기기도 한다.

어느 날 할머니 한 분이 버스에 오르더니 바로 그 자리에 앉았다. 아무 말 없이 10여 분을 가다가 인기척을 느껴 룸미러를 쳐다보니 내 얼굴을 뚫어지게 쳐다보시는 것이 아닌가? 이제는 무뎌졌지만 내 무의식 중에 얼굴 콤플렉스가 남아 있었는지 상당히 불쾌했다. 모르는 사람이 빤히 쳐다보는데 기분 좋은 사람은 없을 것이다.

"어르신 무슨 말씀 하시고 싶으신 거 있으세요?"

"기사 양반! 나 ○○에 내려야 하는데…."

"네! 내려 드리겠습니다."

"그게 아니라…."

"빨리 말씀하세요!"

"○○ 가는 거 거기서 갈아타야 하는데 ○○ 가는 차가 몇 시에 있어요?"

"저도 몰라요! 버스 시간표를 봐야 해요!"

"기사가 버스 시간도 제대로 몰라!"

"어르신! 버스 기사가 버스 시간표 다 외우고 다니란 법이 어디 있어요? 내리시는 곳에 버스 시간표 붙어 있으니까 그거 보면 되실 거 아니에요!"

사실 정말 몰랐다. 시골버스 시간이 5분마다 한 대씩 있는 것도 아니고 수십 개의 노선에 시간마다 들르는 마을이 다르니 마을마다 별도로 있는 수백 개의 버스 시간을 어떻게 다 외운단 말인가? 버스 시간표를 대충 머릿속에 넣고 다니는 기사가 있어 바로 답이 나오는 분도 계시기는 하다. 참으로 존경하지 않을 수 없다. 나도 전체 시간표를 갖고 있지만 운행 중이니 펼쳐볼 수도 없는 노릇이었다.

시골버스 노선 시간표는 경우의 수가 워낙 많다 보니 좀 복잡하다. 행선판은 읽을 줄만 알면 살고 있는 동네 이름이니 버스의 목적지를 알 수 있지만 이놈의 시골버스 시간표가 노인들에게는 복잡하여 이해하기가 어려운 측면이 있다.

"기사가 그냥 말해 주면 되지! 시간표를 보라고 난리야!"

그 할머니 참 뻔뻔하고 고집도 센 분이다. 속이 부글부글 끓었다.

"할머니! 혹시 시간표 볼 줄 몰라요?"

"사실 내가 까막눈이오!"

순간 내가 하지 말아야 할 말을 했다고 깨달았다.

"어르신 미안합니다. 제 말뜻은 그게 아니었는데⋯."

"아니요, 기사 양반. 우리 옛날 노인네들은 딸이라고 학교도 안 보내주고 해서 야학으로 '가갸거겨'를 깨치기는 했는데⋯."

"○○에 내리시면 승강장에 시간표가 있을 텐데 눈매가 좀 선하게 생긴 사람에게 시간표 좀 봐 달라고 하시죠!"

작년 크리스마스에 큰딸이 용돈을 절약해서 모은 돈으로 나에게 책을 선물했는데 관상에 관한 책이었다. 그 내용 중 '심상心相은 곧 관상觀相'이라는 구절이 생각나서 그렇게 말씀드렸다.

　그러다가 아예 한적한 길가에 버스를 잠깐 정차하였다. 그리고는 스마트폰에 저장된 시간표를 꺼내 보고 할머니에게 타고 가실 버스의 시간을 자세하게 말씀드렸다. 그렇게 하는 것이 나의 도리라고 생각했다.

2

"어르신,
하나도 안 부끄러워하셔도 돼요!"

시골 노인들은 버스 기사 얼굴을 보고 버스를 탄다. 버스 기사가 예뻐 보여서 그 버스를 타는 것이 아니다. 시골버스의 이마를 크리스마스 트리 전구 장식처럼 화려하게 수놓은 LED 노선 등燈으로 보는 것이 아니라 행선판이나 기사 얼굴을 보고 버스를 탄다. 행선판도 글씨를 보시는 것이 아니라 행선판 개수를 보고 버스가 당신의 마을 행인지를 짐작하시는 것이다.

괴산 터미널 주변에는 버스 승강장이 몇 개 있다. 장場을 보시거나 병원에서 진료를 다 보셨으면 가까운 승강장에서 버스를 기다리셔도 될 일이건만 힘겨운 노구老軀를 이끌고 꼭 터미널까지 오셔서 버스를 탄다. 터미널 주변 승강장에는 같은 시간대에 출발하는 버스 서너 대가 같은 방향의 승강장에 정차하니 글씨를 제대로 못 읽는 노인들로서는 어느 버스가 당신의 집으로 가는 것인지 모르실 때가 있다. 그럴 때는 기사 얼굴을 보고 버스를 탄다. 비록 하루 걸러 하루씩 그 노선을 운행하는 기사가 바뀌기는 하지만 고정 기사는 한 달 동안 같은 노선을 오가니 버스 기사의 얼굴에 노선 정보가 들어 있는 셈이다.

신입 기사 때에는 빤히 얼굴을 쳐다보는 노인들을 이해하지 못하였다. 모든 이유를 파악하고 난 후에는 되려 버스 기사가 노인분들께 행선지를 먼저 여쭈어본다. 그러나 새 달이 바뀌어 매월 1일이 되면 이야기는 달라진다. 기사들 노선이 바뀌기 때문이다.

이런 이유 때문에 노인분들은 터미널에서 버스를 탄다. 터미널에는 행선지마다 버스 홈이 있어 같은 시간에 당신이 버스를 매일 타던 그 자리의 터미널 홈에 들어온 버스를 탄다. 소위 공간과 시간이 당신의 경험과 일치하는 것이 정답이라고 생각하기 때문이다. 그러나 가끔 터미널 홈 위치를 혼동하는 기사가 본인의 행선지가 아닌 노선의 홈에 버스를 대기도 한다. 안타까운 일이지만 이런 경우 몇몇 분들은 목적지와 동떨어진 동네로 강제 마실을 가시는 경우도 종종 있다.

대한민국의 문맹률은 제로에 가깝다. 우리 국민 중 글씨를 읽지 못하는 사람이 거의 없다는 소리다. 그러나 괴산 산골 노인분들 중 글씨를 읽지 못하는 분들이 꽤 많다. 단지 글을 못 읽으시는 것이 창피해서 남이 알아차릴까 봐 겁을 내신다. 시골버스 기사들은 감으로 그런 분을 알 수 있다.

"어르신, 하나도 안 부끄러워하셔도 돼요!"

글 못 읽는 것을 부끄러워하시는 산골 노인들이 오늘따라 더 안쓰럽다.

3
조금이라도 바람이 덜 불도록

　　누차 강조하듯이 시골버스 승객은 학생이나 면허를 취득하지 못하는 분들, 노인들과 외국인들이 주종이지만 그 외에도 특별한 직업의 소유자가 있다. 바로 요양 보호사.

　시골 외딴 마을에는 사람의 손길을 필요로 하는 분들, 특히 노인들이 많다. 이런 분들의 손과 발이 되어드림은 물론이요, 말동무나 밥 같이 먹는 식구 역할을 한다. 생계 수단으로 하시든, 봉사 정신으로 하시든 사람을 사랑하는 마음이 없으면 선택이 불가능한 직업임에 틀림없다. 나는 이분들의 활약으로 농어촌 노인 자살률이 더 이상 올라가지 않는다고 생각한다.

이분들은 시골버스를 타고 다니며 보통 하루에 두세 곳의 독거노인이나 장애인을 방문한다. 읍내에 차부車部라는 곳에 가면 택시가 기다리고 있지만 읍내에서 좀 떨어진 시골 마을로 가려면 2~3만 원은 기본으로 나온다.

중간에 '기골'이라는 외딴 마을을 걸치는, 괴산읍에서 청천면을 오가는 노선이 있다. 괴산읍에서 외부로 나가려면 높고 낮음에 관계없이 보통 고개를 하나 넘어야 한다. 괴산 터미널에서 청천면을 가려면 굴티재란 고개를 넘어간다. 몇 달 전까지만 해도 꼬불꼬불한 고갯길을 숨이 헐떡거리는 버스 엔진 소리를 들으면서 넘어 다녔으나 다행스럽게도 터널이 개통되면서 이제 그 짓은 안 하게 되었다. 단지 터널 입구와 출구가 산 중턱에 있어 입출구 쪽에 빙판이 생기거나 터널 내에 바람이 심하게 부는 것이 흠이기는 하다. 그럼에도 불구하고 눈이 오는 겨울에 꼬불거리는 고갯길을 넘지 않는 것만으로도 감사히 여기고 있다.

굴티재 터널을 사이에 두고 문광면 양곡리와 청천면 지성리란 마을이 있다. 이 두 마을을 들르는 비교적 젊은 요양 보호사 한 분이 계신다. 보통 오전 일찍 터널 입구 쪽 마을에 하차하고 오후에는 출구 쪽 마을에서 승차한다.

"안녕하세요?"

"네! 안녕하세요! 돌보시는 분들이 터널 양쪽 마을에 계신 가 봅니다."

"네! 양쪽 마을에 방문하는 집이 하나씩 있어요!"

"그런데 버스 시간은 딱딱 맞습니까?" 두 마을을 어떻게 옮겨 다니는지 궁금해서 물었다.

"아니요! 잘 안 맞아요! 그런데 이 터널이 생겨서 얼마나 좋은지 몰라요!"

"버스 타고 다니셨을 텐데 터널 새로 생긴 거하고 관계가 있습니까?"

"버스 놓치면 이쪽 마을 일 끝내고 저쪽 마을에 갈 때 고개를 걸어서 넘어 다녔는데 이제는 터널만 통과하면 되니 참 감사하죠!"

순간 내 귀를 의심했다. 고개를 넘어가려면 족히 3~4킬로미터는 걸어야 하고 터널을 통하여 가려 해도 500미터짜리 터널과 진입로를 포함하여 최소 1킬로미터 이상은 걸어야 하는데.

"걸어 다닐 만하세요?"

"네! 겨울에는 걸어 다닐 만해요! 걸으면 몸이 더워져서. 여름에는 많이 더워요!" 대답하는 얼굴에 세상을 달관한 듯한 미소가 언뜻 보였다.

그날은 바람도 많이 불고 추웠다. 스마트폰 화면은 영하 10도를 나타내고 있었다. 청천에서 출발하여 그 터널을 넘어오는데 내 쪽 차선 가장자리로 시커먼 물체가 걸어오는 것이 보였다. 그 요양 보호사였다.

나는 최대한 반대편 차선으로 버스를 붙여서 천천히 몰았다. 조금이라도 바람이 덜 불도록.

4

깔딱고개 같은 삶

　　등산을 다니다 보면 거의 모든 산의 등산로에 하나씩 있는 것이 있다. 이름하여 '깔딱고개'. 보통 정상 근처 8~9부 능선에 있는 것이 대부분이나 가끔 등산로 들머리에 있어 등산 초반부터 힘을 빼게 만든다. 이 고개를 오를 때면 가슴이 2기통 엔진처럼 쿵쾅거리며 깔딱고개란 말이 암시하듯 숨이 넘어갈 것처럼 깔딱거리면서 산을 올라야 한다.

　　이 깔딱고개를 올라서면 그때부터 눈앞에 신세계가 펼쳐지기 시작한다. 집 근처 산책로같이 평탄한 길이 이어지기도 하고 정상 부근이라면 발아래로 시원한 풍광을 보여주기도 한다. 그리고 달콤한 휴식 시간은 깔딱고개를 오른 후 갖는 것이 상식인데 간식을 먹거나 반주를 곁들인 식사를 여기서 하는 등산객도 있다. 깔딱고개를 숨 막히는 고통을 감수하면서 오를 수 있는 이유는 힘든 고통이 지나간 후 벌어질 행복한 일들을 머릿속에 상상하기 때문이다.

시골 노인에게 버스 승차 계단은 어쩌면 깔딱고개인지 모른다. 눈앞의 버스 계단을 오르기만 하면 읍내 장터까지 버스가 데려다줄 것이고 그동안 보지 못했던 많은 사람을 구경할 수 있고 앞동네, 뒷동네 할매나 할아범도 만나볼 수 있다. 버스 계단 오르는 것이 무슨 깔딱고개냐고 말할 사람도 있을 것이다.

다리 튼튼한 젊은 친구에게는 2~3초 걸리는 일이지만 시골 노인에게 있어 버스에 오르는 일은 그리 만만하지 않다. 늙은 육신에 그나마 남아 있는 모든 힘을 다 쏟아야 가능하다. 아무리 남일이라 말하기 쉽고 하찮은 일일지라도 그 순간을 지나고 있는 사람에게는 깔딱고개 같은 삶이 존재한다.

우리는 매일매일 최선을 다해 자신의 깔딱고개를 넘고 있다. 이 고개를 넘고 나면 야생화가 흐드러지게 피어 있는 산정상의 평전平田을 보게 될 것을 꿈꾸면서.

5
버스를 타고 다니는 모든 사람은
버스 기사 앞에 평등하다

　　시골버스의 주요 승객은 학생, 어르신, 외국인, 운전면허를 취득할 수 없는 사람 등이 대부분이다. 이들 중 운전면허가 가장 아쉬운 사람은 음주운전으로 면허가 정지되었거나 최근 운전면허를 반납한 어르신일 것이다. 둘 중 더 아쉽고 억울한 사람은 역시 면허를 반납한 어르신이다. 얼마 전까지도 내 편한 시간에, 내가 가고 싶은 장소에 누구의 눈치도 보지 않고 돌아다녔는데.

　　면허증을 반납하고는 인생이 달라졌다고 말씀하신다. 잦은 접촉 사고를 빌미로 식구의 잔소리를 견디다 못해 운전면허를 반납하시고는 마음 한구석이 떨어져 나간 것처럼 허전하다고 하신다. 그 후로는 버스를 타고 다니시는데.

버릇없는 기사들이 당신을 뒷방 노인네 취급한다고 열을 내신다. 앞자리도 앉지 마라, 미리 일어나지 마라, 시끄럽게 떠들지 마라, 마스크 제대로 써라….

모든 승객은 버스 기사의 지시에 따라야 한다. 이 얼마나 매력적이며 달콤한 말인가? 대신 승객의 안전은 기사가 책임져야 한다. 물론 100퍼센트는 아니지만.

가끔 그 절대적인 권력에 반기를 드는 승객이 있다. 면허를 반납한 지 얼마 지나지 않은 상대적으로 젊은 승객이다. 그래도 70대가 넘었다. 보통 노인이라 보기에는 젊고 직접 차 몰고 다니기에는 연세가 드신 이런 분들의 저항이 만만치 않을 때가 있다.

"내가 좀 늦었는데 빨리 갑시다."

"늦은 건 선생님이 늦으신 거지 버스가 늦은 건 아닙니다. 버스 문 열어드릴 테니 여기서 택시 타고 가십시오!"

"이 양반이 지금 승차 거부하는 거요?"

"네! 승차 거부합니다. 선생님 하시는 행동이 지금 버스에 타고 계신 다른 승객분들의 안전을 저해할 우려가 있습니다. 그리고 노선버스는 시간에 맞추어 운행해야 하며 승객 한 분만의 편의를 봐 드림으로써 다른 분들에게 피해를 드릴 수 없습니다. 그것이 규정입니다."

이 얼마나 논리적이며 아름다운 문장인가? 시골버스 기사의 입에서 나왔으리라고는 상상이 안 가는 말이다. 내가 생각해도 말 한번 참 잘했다.

시골버스 기사라고 대충 윽박질러 일찍 가려 했던 양반이 찍소리 못하고 뒤에서는 고소한 듯이 킥킥거리는 할머니들의 웃음소리에 얼굴이 벌겋게 상기되었다.

"목적지까지 조용히 가시던가, 내리시던가 둘 중 하나를 선택하십시오!"

콧노래가 슬슬 나오며 오늘따라 버스가 미끄러지게 잘 나간다.

사람은 태어나면서 자신의 활동 영역을 가진다. 젖먹이 아이일 때는 엄마 품 안이 영역이었지만 나이를 먹어감에 따라 활동 범위가 변한다. 유치원에서 학교로, 학교에서 직장으로, 국내에서 세계로…. 하는 일과 개인의 성격에 따라서 차이는 존재하지만 영역의 범위가 변하는 것은 진리이다.

그러나 노인이 되어가면 그 범위가 점점 좁아진다. 회사를 퇴직하면 안방에서 주방으로, 아니면 이름난 산이나 강변의 자전거 도로…. 그래도 이 경우는 혼자서 대중교통을 활용할 수 있는 정력이 남았거나 자동차 운전면허증이라도 있어서 내 차를 몰고 내가 가고 싶은 곳에 갈 경우다.

나는 운전을 하기도 대중교통을 이용하기도 어려운 나이가 되면 내 활동 영역을 줄이기로 결심했다. 괜한 과욕으로 버스 타고 나들이 갔다가 나 같은 성질머리 안 좋은 버스 기사에게 괄시받기 싫다. 나는 절대로 면허증 반납 같은 어리석은 짓은 안 할 것이다. 직접 운전해서 다닐 수 있는 한계까지 자유를 누리고 싶다.

"아들아! 아빠가 죽으면 아빠의 운전면허증도 같이 관속에 넣어주라! 아빠는 천국 가서도 자유롭게 돌아다니고 싶다."

6
억강부약

　시골버스에는 고정 승객이 있다. 또한 특정 노선에는 VIP 승객이 있다. 그러나 이 VIP 고객은 요주의 승객과 동일인일 확률이 높다. 시골버스에서 매출을 많이 올려주는 고객은 당연히 버스를 많이 애용하는 승객이다. 시골에서 버스를 가장 많이 타고 다니시는 분은 할 일이 별로 없으신, 그러나 혈기 왕성한 노인일 경우가 많다. 방구석 노인으로 치부되기 싫은 분들이 버스를 타시고 이 마을에서 저 마을로 괴산 유람을 다니신다.

　하루 종일 버스를 타고 다니시면서 버스 회사에 상대적으로 아주 큰 매출을 올려주신다. 새벽 첫차부터 저녁 막차까지 마음먹고 다니시면 한 열 번 타고 내리실 수 있을 거다. 그래서 열 번을 타고 내리신다고 가정하면 거금 1만 4,000원어치 매출을 버스회사에 지불해 주시는 거다.

그러나 이 VIP 고객들을 하루 종일 모시고 다니는 시골버스 기사들은 시한폭탄을 버스에 싣고 다니는 느낌이 들 때가 있다. 삼선 슬리퍼를 신고 달리는 버스에서 뛰어다녀도 넘어지지 않는 학생들이 있는가 하면 반대로 정차해 있는 버스의 미소한 울컥거림에도 넘어져 골절상을 입는 노인들이 있다.

그러니 이 어르신들은 운행 중인 버스에서 돌아다니지 마시라고 큰소리 지르는, 버르장머리 없는 나 같은 기사에게는 큰 고객으로 대접받지 못한다. 대접은커녕 면박 받지 않으시면 다행이다.

시골버스에서는 모든 승객이 평등하다. 오히려 연로하시거나 몸이 불편한 승객은 상대적으로 긴 승하차 시간을 보장해드린다. 무거운 개 사료 포대나 깨 자루 등을 지니고 승차하시는 승객에게는 시골버스 기사의 아주 특별한 상하차 서비스도 제공해드린다.

버스비 두 배로 내고 하루에 여러 번 타고 다닌다고 특별한 서비스는 기대 안 하시는 것이 정신 건강에 좋다. 괜히 버스 기사에게 버스 오래 타고 다니신다고 면박이나 당한다.

⑦
민원전화

　　여러분은 시골버스 안을 자세히 본 적이 있는가? 몇 명이나 타고 있는지, 많아야 2~3명 혹은 버스 기사 혼자 타고 다니는지…. 하루 종일 돌아다녀도 10여 명의 승객을 겨우 태운 경우도 허다하다.

　　이런 상황에 버스회사에 이익이 발생할 리가 있겠는가? 항상 적자다. 국가나 지자체의 보조금 없이는 생존 자체가 불가능하다. 사업가가 비즈니스로써 시골버스 회사를 운영한다는 것은 어불성설이다. 사업적인 가치를 상실한 시는 벌써 오래전 이야기다.

　　그러하니 버스회사는 지자체 보조금의 원활한 수령에 회

사의 사활을 걸 수밖에 없다. 버스회사의 사무실 직원에게는 군청의 교통 담당 공무원이나 관련 예산을 책정하는 군의원들이 천사로 보이기도 저승사자로 보이기도 한다. 버스회사 관리자는 군청에 있는 교통 담당 공무원들의 눈치만 보고 군청 공무원은 예산을 책정해주는 군의원들 눈치만 본다. 군의원들이야 물론 유권자인 군민 눈치를 볼 수밖에 없는데 대다수는 버스를 이용하는 어르신들이다.

이 눈치 싸움에 가장 민감한 주제는 역시 민원이다. 버스가 마을에 안 들어왔다던가 시간을 어기고 왔다던가 버스 기사가 불친절하다던가 하는 수없이 많은 민원전화에 골머리를 앓는다. 그리고 말한다. "민원만 안 들어오게 해주세요."

그 민원은 곧 보조금 지급의 지렛대로 사용되니 버스회사 관리자는 승객의 민원에 민감할 수밖에 없다. 시골버스 운행 횟수와 노인의 우울증 지수와의 상관관계에 대하여 보고된 논문이 있다고 한다. 운행 횟수가 늘어나면 노인의 우울증 지수가 낮아지고 횟수가 줄어들면 늘어난다는 것이다.

미루어 짐작컨데 혼자서 생활하는 노인에게 버스는 외부와 소통하는 유일한 통로와도 같다. 그러나 가끔 이 통로가 당신들의 애를 태운다. 뒷마을, 옆 마을에 사는 김씨 할머니가 이씨 할머니를 만나기 위하여 손꼽아 기다린 시골 오일장 장날에, 버스를 타고 읍내에 나가서 그동안 밀렸던 수다도 떨어야 하는데 야속한 버스는 제때 안 오고….

노인들에게 이보다 더 큰 민원이 있겠는가? 시골 노인들의 민원은 이런 내용이 거의 전부이다. 그리고 나머지 대부분의 민원은 전화로 이루어지는데 전화하는 사람이 거의 정해져 있다는 사실이다.

이들은 버스를 이용, 복지센터 등으로 출근하여 하루를 소일하는데 평상시 상대하는 사람들의 무시와 하대가 비일비재한 것이 현실이다. 그러나 이들에게 항상 친절하며 예의를 갖추어 응대하는 사람들이 있다. 군청 교통 담당 공무원이거나 버스회사 사무실 직원들이다.

이 민원인들은 그동안 쌓였던 차별대우에 대한 울분과 분노를 민원전화로 쏟아내고 반대급부로 예의 바른 전화응대를 통한 사과로 그간의 차별대우를 보상받는다. 이 대목에서 깨닫는 느낌이지만 이 통화는 누구의 잘못인가에 대한 시시비비를 가릴 필요가 없음이 한계다. 이 민원전화가 그늘에게는 일종의 카타르시스를 느끼는 해방구일런지 모른다. 이것 또한 일종의 중독성이 있어서 그런지 이러한 민원전화는 다

중 경험자가 많다.

코로나 시대에 마스크를 제대로 사용하지 않은 승객을 버스에 그냥 오르게 놔둔다면 그것은 기사의 직무유기이다. 하루는 20대 초반의 한 아가씨가 마스크를 턱에 걸고 버스에 승차하기에 올바른 마스크 착용을 권고하면서 불응 시에는 승차 거부를 하겠다고 경고하였다. 몇 분 후 사무실에서 전화가 오기를 "마스크를 했는데 버스에서 내리라고 했다"는 민원전화를 방금 받았다고 했다.

바르지 않은 마스크 착용으로 지적당했던 그 아가씨가 내 말을 듣자마자 버스 안에서 회사 사무실로 민원전화를 한 것이었다.

"아가씨! 아가씨가 지금 버스 사무실에 전화했어요?" (아가씨 대답 없음)

"(나는 손가락으로 차 안의 카메라를 가리키면서) 마스크 착용을 제대로 안 한 것 모두 녹화됐으니, 비디오 갖고 경찰서에 가서 무고죄로 신고하겠습니다. 자, 이름하고 휴대폰 번호 주세요!"

속이 부글부글했지만 최대한 예의를 갖추어 이야기했다. 그러나 승객은 내 말을 100% 이해하지 못하는 것 같았다.

"아가씨! 무고가 무슨 뜻인지 모르는 모양인데, 하여간 경찰에다 신고할 거야!"

좀 억울한 마음이 들었던 나는 과장된 단어로 그 젊은 아가씨에게 한번 더 큰 소리로 얘기했다. 이번에는 '경찰, 신고' 이 두 단어는 확실하게 알아들은 것 같았다. 그 불쌍한 젊은 아가씨의 낯빛이 하얗게 질리는 것을 보니….

나의 내면에서 깊은 울림이 울려 나왔다.

"가엾은 버스 기사여! 네 승객은 어디 있느냐?"

그러자 내 속의 부글거림이 이렇게 대답하였다.

"왜 그걸 나에게 묻습니까? 내가 승객 보살피는 사람입니까?"

아들아! 딸아! 아빠가 너희들을 보기가 창피하구나!

'아! 나는 진화가 덜 됐다.'

IV

우리의
정다운 이웃들

1
데자뷔

버스 기사에게는 데자뷔가 따로 없다. 매일매일이 데자뷔이니…. 고정 기사는 보통 하루 건너 하루씩 같은 코스를 운행하도록 배차가 되어 있는데, 가끔은 과거와 현재가 혼재되어 뇌가 혼돈을 일으킬 때가 있다. '어제 왔던가? 그제 왔던가?'

타고 내리는 승객이 동일인인 경우 더욱 그렇다. 같은 복장, 같은 표정 그리고 동일한 질문….

지적 장애가 있는 분들의 질문이 대부분 그러하다. 마음속에서 하고 싶은 질문은 매번 다르지만 입 밖으로 나오는 언어가 동일한 경우이거나 머릿속에 궁금한 것이 그것밖에 없어서 매번 같은 질문을 할 수도 있겠다.

시골버스 기사는 오랫동안 이런 질문에 노출되면 스스로 반성해 본다.

'내가 질문에 성실히 답하지 않았나?'

그 단계가 지나면 본인의 지성을 의심한다.

'혹시, 저 사람이 철학적인 질문을 나에게 던지는 것이 아닌가?'

좀 더 시간이 지나 만성이 될 쯤에는 나의 이성에 대하여 심각한 고민에 빠진다.

'설마, 내가 지금 환청이 들리나?'

'중말'이라는 곳에서 20대 중반쯤 되어 보이는 청년이 버스에 탔다.

"기사 아저씨! 이 버스가 청안에서 오는 차인가요? 그런데 거꾸로 오네요?"

내가 지금 다니는 노선 중 증평역을 출발하여 청안면소재지를 경유하여 소매리, 중말을 거치고 마을 몇 군데를 더 들러서 다시 증평역으로 들어오는 노선이 있다. 원래 증평역에서 중말을 먼저 거쳐 소매리로 가는 방법이 주된 노선이어서 내가 시금 돌아오는 노선은 반대로 도는 노선이다.

"아! 이 친구가 이걸 물어보는 거구나!"

누구나 알아들었으면 끄덕거릴 정도로 자상하고 세세하게 설명했다. 저 나이 또래 젊은 친구들이 민원전화의 핵심 인물들이다. 물어보는 말에 기사가 말대꾸도 안 했다는 오해를 불신시키기 위하여 최선을 다한 결과, 머리를 아래위로 끄덕이는 것이 버스 룸미러로 보였다. 나는 마음이 흐뭇했다.

며칠 후 그 마을 정거장을 지나는데 50대 아주머니가 버스에 승차하였다.

"이 버스가 청안에서 오나요? 근데 왜 거꾸로 와요?"

'어허! 이 말은 내가 언제인가 들어본 질문인데.'

"네! 청안에서 옵니다. 그래서 이 버스 노선은 반대로 돌아요!"

'가만있어 보자! 이 말도 내가 해준 말 같은데…. 이상하다!'

그리고 일주일쯤 흘렀다. 바로 그 승강장에 80대 남자 노인이 승차했다.

"기사 양반, 왜 이 버스는 거꾸로 와요! 청안에서 오나?"

'혹시 내가 문제가 있나? 아니면 이 마을은 이장이 마을 동계洞契 때 버스 기사에게 물어볼 질문지를 만들어 프린트해서

돌리나?'

시골버스 기사에게 하였던 질문의 단어 구성이 조금씩 바뀌었을 뿐 세 사람의 내용은 동일했다.

오늘도 20대 청년 하나가 이 마을에서 승차했다.

"세 명이요!" 세 명 모두 승차 완료 후 버스는 출발했다. 바로 그 청년, 그 아줌마, 그 할아버지….

"엄마! 할아버지 어디 가는 거야?"

"병원에 주사 맞으러!"

"아버지! 병원 가면 좀 기다려야 해!"

"그런데 이 버스는 거꾸로 오네!"

"글쎄 말이다!"

"청안에서 오나 보지!"

나란히 앉아 있는 세 명을 보고 나는 깨달았다.

'데자뷔가 이젠 복수複數로 일어나는구나!'

2
그놈은 꽃무늬 사각팬티라서
불가능하다

　　시골버스 승객 중 독특한 취향을 가진 사람들
이 종종 있다. 사실 이를 취향이라고 치부하기에는 좀 거리감
이 있다. 정신과 의사가 보았으면 치료 대상일 수도 있다.

　3월 초라 하지만 아직 날씨는 영하의 기온을 오르내리고
바람의 차가움도 봄이 오기에는 멀게만 느끼도록 하기에 충
분한 날이었다. 버스 기사로 발령을 받고 4주쯤 지났을까. 버
스터미널 안의 사람들이 두툼한 오리털 점퍼를 걸친 채 터미
널 연탄 난로 옆에 옹기종기 모여 있고 나도 선배 기사들과
함께 자판기에서 따끈한 커피를 한 잔 뽑아 마시며 잡담을 즐
기고 있었다.

옆 시선으로 난데없이 늘씬한 다리가 아른거리길래 혹시 젊은 아가씨가 늦게 오는 봄을 빨리 오라고 가볍게 옷을 입었겠거니 하며 눈을 든 순간, 못 볼 걸 봤다.

이 남자 나이는 50대 초반으로 보였고 상의는 두툼한 파카를 걸쳤으나 하의는 말 그대로 꽃무늬 사각팬티 하나만 걸쳤다. 그것도 레이스 달린 걸로. 머리는 펌을 했는지 아니면 원래 곱슬머린지 구불거렸고 노랗게 염색까지 했다.

'별 변태 같은 놈! 시골에서 버스 기사 노릇하면 이 꼴 저 꼴 다 본다고 선배 기사들이 얘기하더구먼 진짜 별꼴을 다 보네!'

나는 충격으로 받아들였지만 선배 기사들은 별 신경 쓰지 않는 것 같았다. 물론 곁눈질로 힐끔거리기는 하지만 대놓고 이상한 눈초리를 보내는 사람은 없다. 미루어 짐작하건대 이런 패션으로 나다니는 것이 한두 번이 아닌 모양이다.

운행 시간이 다 되어 홈에 대 놓았던 버스로 가려는데 선배 기사 한 분이 이렇게 말하는 것이었다.

"한 기사! 운전에만 신경 써! 다른 거 다 무시하고."

'초보 시골버스 기사에게 조언하는 것이리라!' 별뜻 없이 이렇게 생각했다. 아무 생각 없이 버스에 오르는 순간 버스

중간쯤 되는 위치의 좌석에 그 사람이 앉아 있는 것이 눈에 들어왔다.

'하나밖에 없는 승객이 하필 저놈이네! 어쨌거나 저놈도 승객이니 목적지까지만 무사히 데려다주면 되겠지!'

아무것도 아닌 척 스스로 위로하면서 터미널을 빠져나와 목적지로 운행을 시작했다. 한 5분쯤 지났을까 스님의 독경 같기도 하고 독실한 크리스천의 방언 같기도 한 소리가 버스에 울려 퍼지기 시작했다. 2~3분 더 지났을까, 그 소리가 머릿속에서 자동으로 해석되기 시작했다.

'아니! 이게 무슨 기적이란 말인가?' 나는 내 귀를 의심하면서 자세히 들어보았다.

"개○○, 씨○새○, ○ 같은….." 이런 내용이었다.

욕辱과 조사助詞 몇 개만으로도 완벽한 문장을 구사하는 그놈의 귀신같은 작문 실력에 혀를 내두를 판이었다.

흉한 모습은 눈을 감음으로써 보지 않을 수 있고 마음을 어지럽게 하는 말은 입을 닫음으로써 얘기를 안 할 수 있다. 그러나 두 팔로 운전하고 있으니 두 귀를 막지 않는 한 내 평생 듣기 힘든 사나운 욕지거리가 자동으로 귀에 들어오는 것을 막을 방법이 없었다. 뭐라도 한마디하고 싶었으나 초년병 버스 기사가 경험도 없었고 혹시 저 변태 같은 놈이 뒤에서 나를 덮칠까 봐 두렵기까지 했다. 조금 전 터미널에서 선배 기사가 한 말은 내 노선버스에 그놈이 승차할 것을 미리 알고 한 조언이었다.

'그래! 선배 기사 조언처럼 다른 거 무시하고 운전에만 신경 쓰자! 저놈이 나한테 지껄이는 것도 아니잖아! 저놈도 세상에 하고 싶은 얘기가 많은 모양이지!'

도를 닦는 마음으로 마을을 몇 개 지났을까.

"딩동~ 딩동~."

'앗싸! 드디어 그놈이 내리나 보다!'

마음속으로 쾌재를 부르며 버스 뒷문 개폐 레버를 힘껏 내렸다. 문이 열리고 그놈은 별일 없이 자기 갈 길로 갔다.

괴산으로 귀농하기 전 귀농할 마을의 입주예정자들과 모임을 몇 차례 가진 적이 있다. 모임의 주된 목적은 입주자 소개와 미래에 같이 살게 될 이웃과의 소통이었다. 서로 다른 직업과 가치관을 가지고 평생 자신만의 삶을 살아온 도시 사람들이 과연 한 마을에 어깨를 맞대고 살 수 있을까? 그 모임을 관통하는 가장 큰 주제는 '이웃과 함께하는 삶'이었다. 입

주사 중 누군가가 질문을 했고 사회자가 답을 했다.

"우리가 추구하는 이상적인 마을은 이웃이 나와 다름을 인정하는 것입니다."

그 마을은 구성원들이 입주하여 10여 년이 지났으나 미완未完으로 아직도 현재진행형이다.

팬티가 아니라 짧은 바지만 입었어도 나와 다름을 인정할텐데. 그러나 그놈은 팬티라서 불가능하다.

3
어이! 커피 한잔해!

진짜 맘에 안 드는 놈이다. 대충 봐도 나보다 적게는 일고여덟 살, 많게는 열 살 이상 어린놈이 나를 만나면 꼭 반말이다. '날 언제 봤다고!'

다니는 행색도 맘에 안 든다. 노랗게 염색한 머리에 복장은 아래위가 하나로 붙어 있는 점프슈트를 입고 항상 그 위에 '안전'이라고 쓰인 노란 조끼를 걸쳤다. 누가 보면 도로공사 교통 통제하는 놈인 줄 알 거다. 그리고 맨날 터미널에서 죽치고 산다.

버스 기사 초년병 시절이었다.

"한 기사 인사드려! 칠성 사시는 분인데 우리 고객이야!"

"처음 뵙겠습니다. 한○○입니다." 머리를 숙여서 예를 갖춰 인사했다.

"아냐, 나는 몇 번 봤어."

지금에야 얘기지만 '우리 고객'이라는 단어에서 눈치챘어야 했다. 그 선배 기사는 나를 놀려 먹으려고 인사시킨 거였다. 우리 고객, 즉 버스를 자주 이용하는 승객이라는 뜻이다. 진즉에 말씀드렸듯이 시골에서 젊은 놈치고 버스 타고 다니는 놈은 2% 부족한 놈이다. 그래도 이 친구는 그 정도는 아니고 1.5% 정도쯤 되는 것 같다. 그놈과는 첫 대면을 그렇게 시작했다.

괴산 터미널에 유일무이한 200원짜리 커피 자판기 앞에서 이루어진 일이다. 300원짜리 메뉴도 생긴 지 며칠 안 된 거다.

"어이! 커피 한잔해!"

"감사합니다. 잘 마시겠습니다."

200원짜리 커피 한잔에 그날부터 시골버스 기사의 인생은 그놈에게 저당 잡혔다. 깨달음이 있고 난 후부터 나는 어떡하면 그놈의 레이더에서 벗어날 수 있을까 머리를 굴렸다. 터미널 홈에 버스를 대고 기사 휴게실로 들어가기 위하여 버스를 내려서는 순간 어디서 나왔는지 귀신같이 나타나서 바로 그 멘트를 한다.

"어이! 커피 한잔해!"

'혹시, 이놈이 하루 종일 나만 관찰하나?'

아무래도 피하기보다 부딪혀서 담판을 짓는 게 좋겠다는 생각이 들어 그놈의 나이를 알아내어 야단칠 기회만 호시탐탐 엿보고 있었다. 그러나 동료 기사들 중 그놈의 정확한 나이를 아는 사람이 없었다.

괴산에서 수안보 쪽으로 가다 보면 연풍이라는 면소재지가 있다. 연풍에서 승차하는 아가씨가 한 사람 있다. 나이가 서른하나라고 그랬다. 내가 어떻게 아느냐? 그 아가씨가 말해 주었다. 설마 지각이 있고 매너를 갖춘 시골버스 기사가 숙녀의 나이를 함부로 물어봤겠는가!

이 아가씨 트렌치코트에 선글라스만 안 썼을 뿐이지 완전 마타하리다. 사진기 같은 관찰과 기억력으로 버스 기사의 일거수일투족을 다른 기사에게 현장 중계한다. 이 아가씨의 지정석은 앞문 바로 뒷자리다. 여기에 앉아서 기사가 거쳐야 하는 마을을 빼먹고 가는지, 과속하는지, 신호 위반하는지, 방지턱을 험하게 통과하는지 등을 일일이 다른 기사에게 보고 한다. 그래서 이 아가씨가 승차하는 날이면 나는 수도승의 자세로 핸들을 잡는다. 이 아가씨도 2%는 아니고 1.5% 정도 부족한 사람이다.

마지막 코스는 승객이 거의 없다. 보통 혼자 노선을 돌고 오다 보니 버스 오디오 볼륨을 크게 하고 Pet Shop Boys의 'Go West'나 Queen의 'Don't Stop Me Now' 등을 들으면서 마지막 코스를 돌고 오면 낮에 하루 종일 노인들에게 받았던 스트레스가 풀리는 느낌이다. 그날도 칠성, 연풍을 거쳐 수옥정폭포까지 갔다 오는 마지막 운행이었다.

그런데 두 사람이 터미널에서 승차하였다. 그놈과 그 아가씨. 원수는 외나무다리에서 만난다고 하였는가? 하여간 두 사람 덕분에 소소한 기쁨은 물거품이 되어버렸다. 1.5% + 1.5% 합계 3%가 버스에 승객으로 탔으니 나는 침묵을 수행하는 수도승의 자세로 부지런히 액셀 페달을 밟고 있었다. 그런데 그놈이 칠성 가기 전 두천리에서 하차하였다. 나는 기다렸다는 듯이 연풍 아가씨에게 말을 건넸다.

"아가씨 내가 말 놔도 되지?"

"네!"

나는 평소에 학생 등 나이 어린 승객에게도 경어를 쓰려고 노력한다. 버스에 둘밖에 없었고 편안하게 물어봐야 대답을 잘할 것 같았다.

"지금 내린 아저씨 몇 살인지 알아?"

연풍 아가씨와 그놈이 터미널에서 대화하는 것을 본 적이 있어서 질문했다.

"그 아저씨가 기사 아저씨보다 더 먹었어요!"

아니 내 질문을 알고 있었단 말인가? 아니면 그놈이 벌써 나의 의중을 눈치채고 손을 썼단 말인가? 귀신이 곡할 노릇이었다.

"내가 몇 살인데? 아가씨는 내가 몇 살인지도 모르잖아?"

"내가 기사 아저씨 나이를 어떻게 알아요?"

"그런데 왜 저 아저씨가 나보다 나이를 더 먹었다고 생각했어?"

"그 아저씨는 결혼했어요."

아니 이게 무슨 장독 깨지는 소리래! 물어본 내가 죽일 놈이지!

"저 아저씨 뭐 하는 사람이야?"

"자활센터 직원이에요."

"직원? 거기서 뭐 하는데?"

"쇼핑백이나 봉투 만들어요!"

나는 그놈이 원피스 점프슈트에 노란 조끼를 걸치고 봉투에 풀칠하는 광경을 상상하니 끓어오르는 웃음을 참을 수가 없었다. 더 이상 그놈의 신상에 대해 관심 갖는 내가 한심스러워 보여 더 이상의 질문은 하지 않았다. 대신 연풍 아가씨에 대하여 신상 얘기를 들었다.

그녀는 이모하고 둘이 산다고 했다. 이모의 나이는 일흔 정도 되었고 이모님이 무릎이 안 좋아 걷지를 못해 본인이 청소, 설거지, 빨래 등 집안 살림을 다 한다고 했다.

고향은 서울 도봉구 쌍문동이랬다. 부모님은 서울에 남동생과 살고 있는데 왜 부모님과 같이 살지 않느냐고 물었더니 이사 갔는데 이사 간 집 주소를 가르쳐 주지 않아서 못 간다고 했다. 비정한 부모가 시골 먼 친척집에 부족한 딸을 버린 것이다. 이모에게 부모님 주소를 물어보지 않았느냐고 물어보니 이모는 말도 못 꺼내게 한다고 한다. 엄마, 아빠가 보고 싶지 않냐고 질문하니 대답이 없다. 왜 보고 싶지 않겠는가?

그 얘기를 듣는 내 가슴이 뻐근하다.

'그래! 그놈도 뭔가 사연이 있겠지! 그놈도 내가 좋아 보여서 나한데 잘해주려고 했을 거야.'

그래서 그놈하고 매듭지려고 했던 일을 안 하기로 결심
했다.

'까짓 거 커피 사주면 먹고. 아니 내가 한잔 사줘야겠다.
이왕이면 300원짜리로.'

4

개 사료와 시골버스 기사의
상관관계

예전 시골 외가 할머니 집에는 꼭 개 한 마리가 마당을 지키고 있었다. 개 이름은 메리, 쫑, 혹은 도꾸 등 셋 중 하나일 가능성이 크다. 영국의 메리Mary 여왕이나 존John 등의 이름을 가진 사람이 이 사실을 알면 기겁할 노릇이다. 차라리 도꾸dog란 이름은 실용적이기나 하지.

지금은 상황이 많이 바뀌었지만 예전에 식구들이 많은 시절, 잔반殘飯을 처리하기 위하여 혹은 복伏날 아버님들 영양 보충용으로 개를 키웠다. 그러나 지금 우리의 메리, 쫑들은 먼저 돌아가신 영감탱이의 험담을 잘 들어주는 할망구의 말 동무부터 마당 한편에 정성 들여 심어놓은 고구마를 멧돼지들로부터 지키기 위한 파수꾼에 이르기까지 도시에 사는 외모만 가꾸는 애완견과는 전혀 다른 차원의 임무를 띤 어르신들의 가족 같은 존재가 되어 버렸다. 오히려 명절 때 얼굴 한번 비치는 자손들보다 외로운 시골 생활의 반려자로 자리매김한 지 오래다. 그러나 그렇게 귀중한 우리의 메리, 쫑들을 먹일 밥이 이제는 없다. 대부분 시골 노인들이 혼자 혹은 달랑 두 분만이 생활을 영위하시니 잔반이 나오질 않는다.

"개를 멕이질 말던지."

청천 터미널에서 버스에 오르시는 할머니의 푸념이다. 그것도 시골버스 기사가 잘 듣게 큰 소리로. 앉아 계시던 승강장 벤치 옆에는 큼지막한 개 사료 한 포대가 기대어 있었다. 아마 버스가 도착하기 전, 사료를 파는 가게 사장님이 먼저 옮겨놓은 모양이었다. 힘없는 노인이 20여 킬로그램이 되는 개 사료 포대를 옮기려 하니 엄두가 나지 않아 입에서 자동으로 나오는 푸념이었다. 당신 한 몸도 가누기 힘든 노인이 거대한 개 사료 포대를 들고 버스에 오르기란 애초에 불가능한 일이었다.

시골 사료 가게에는 애견숍에서 볼 수 있는 세련되게 소포장되어 있는 사료는 잘 취급하지 않는다. 사료 가게 관계자의 선언에 의하면 가격도 비싸거니와 시골 노인들이 거들떠보지도 않는다고 한다.

'결국 사지四肢 튼튼한 나보고 좀 옮겨 달라는 말씀이신데. 그럼 내리실 때는?'

할머니가 조금 괘씸하기는 했지만 그 소중하게 기르는 개를 굶긴다고 하시니 어쩔 수 없이 개 사료 포대를 들어서 버스에 올려놓았다.

"어르신! 감당하시지 못할 물건은 사지 마세요! 앞으로는 제가 안 들어드릴 겁니다."

그냥 넘어가기가 속상해서 볼멘소리를 한번 하였다.

"내가 다시는 개 안 멕일 거야! 요번이 마지막이지!"

기사에게 미안하셨던지 더 이상 개를 안 멕이겠다고 강조하고 또 강조하셨다. 앞으로 더 이상 개를 안 키운다는 말씀이다. 시골 노인들은 키운다는 말을 안 쓰고 꼭 멕인다는 단어를 쓴다. 그렇게 1년이 지나 나는 그 할머니와 개 사료를 두고 옥신각신하던 그 노선으로 다시 복귀하였다.

바뀐 노선을 운행하는 첫날. 터미널에 버스를 대고 버스 앞문을 열었다.

"개를 멕이지 말던지!"

어떤 노인 한 분이 버스에 오르시며 내뱉는 일성이다.

'이게 웬 데자뷔.'

버스에 올라오시는 할머니를 보니 1년 전 그 할머니다.

'아니 이 할머니는 1년 동안 나만 기다리셨나?'

그리고 승강장 벤치를 보니 한 포대가 아니고 두 포대다.

'이런 우라질! 우리의 메리와 쫑이 나 없는 1년 사이에 새끼를 낳았나?'

⑤
헤어져야 하남유?

      시골버스 노선은 매회 같은 노선이면서도 다른 노선이다. 매회차마다 도는 방향이 다르거나 들르는 마을이 다르다. 특히 벽지僻地 노선인 경우 마지막 회차는 승객이 있느냐 없느냐에 따라 노선이 탄력적으로 운영되기도 한다. 같은 시간대에 벽지마을에서 돌아 나오는 버스가 있는 경우 굳이 하차할 승객도 없는 또 다른 버스가 벽지마을에 이중으로 들어갈 필요가 없다. 그래서 기사가 보는 코스별 시간표에 '승객 없을 시 ○○○ 패스' 이런 문구가 적혀 있다.

    버스를 배차받고 얼마 지나지 않아 버스 노선이 눈에 익지 않았을 시절이다. 버스 노선표를 눈여겨보지 않고 있다가 승객이 없을 시 외딴 마을에 들어가지 말라는 문구를 인지하지 못하고 마지막 회차에 버스를 몰고 깜깜한 시골 마을을 부지런히 돌아 나오는데 마을 어귀에 있는 어두컴컴한 승강장 벤치에 검은 물체가 놓여 있는 모습이 보였다.

'누가 보따리를 승강장에 두고 갔나?'

승장장에 버스가 점점 가까워질수록 보따리가 꿈틀거리면서 움직이는 것이 아닌가.

'아니, 사람이네! 이 시각에 웬 승객.'

순간 머리가 쭈뼛거리면서 온몸에 소름이 돋았다. 예전 선배 기사의 말이 생각났다.

'한밤에 산골 승강장에서 승차하는 사람은 둘 중 하나다! 미친놈이거나 귀신이거나.'

버스를 세우는데 가까이 보니 여자다. 너무 무서워 제대로 쳐다보지도 못하고 버스에 오를 때 힐끗 보니 빨갛게 충혈된 눈에 짚 수세미같이 산발한 머리 그리고 입가에는 뚜렷한 핏자국까지.

〈전설의 고향 괴산군편〉이라면 딱 어울릴 상황이었다. 어찌 되었건 버스에 올라 운전석 뒤 두 번째 자리에 앉았다. 룸미러나 버스 실내에 있는 블랙박스 카메라에도 안 잡히는 자리. 얼마나 달렸을까? 어디서 흐느끼는 소리가 엔진 소리에 실려서 내 귀에 들려왔다. 가뜩이나 새가슴인 시골버스 기사는 숨도 못 쉴 지경이었다.

"아주머니 흐느끼지 마시고 그냥 펑펑 우세요! 제가 무서워서 운전을 못 하겠어요!"

용기를 내어 한마디 했다. 울음소리가 큭큭거리는 소리로 변하더니 애써 참는 웃음소리로 변했다.

"오늘 아저씨랑 주도권 타이틀 매치 한 판 하셨습니까?"

"야! 오늘 그 인간하고 사생결단을 낼라고 했는디유. 그래두 예전에는 아삭이만은 했어유. 그런데 시방은 쪼그라들어서 청양만 하게 달린 놈이 꼴에 사내라고 손찌검을 하네유!"

아주머니가 보통은 아닌 것 같았다. 부부 간 내밀內密한 이야기를 처음 본 기사한테 얼굴색 하나 변하지 않고 하는 것을 보면….

아저씨와는 초등학교 동창으로 동갑내기라 했다. 20대 초반 변변한 집도 없는 곳에 시집와서 손이 갈퀴가 되도록 일하였고 고추 농사를 주로 하였는데 아삭이고추와 청양고추도 심는다고 했다. 그래서 아저씨 거기를 고추로 비유했던 것이다. 그리고 자식은 2남 2녀를 장가와 시집 보냈고 얼마간 땅도 장만하였다고 했다. 얼마 전 집도 새로 지었다는데 이놈의 영감탱이가 모두 손에 쥐어 틀고 앉아서 수전노 짓을 한다고 했다.

"두 분의 연세가 어떻게 되십니까? 부부금슬이 좋으신 거 같은데요?"

"올해 70이유! 호호호."

약간은 부끄러운 웃음소리다.

"내일 아침 아저씨한테 전화해보시고 반성하는 끼가 보이면 못 이기는 척하고 집으로 가시고 큰소리를 내시면 세수하시지 말고 청주에 법원 근처 '이혼 전문'이라고 간판 걸린 변호사 찾아가 이혼 소송하십시오! 재산 분할도 해달라고 하시고요! 그리고 고추 얘기 하십시오! 그거 이혼 사유 된다고 들었어요!"

"그런데 세수는 왜유?"

"얼굴에 아저씨가 행한 폭력의 흔적이 남아 있어야 변호사가 사태가 심각한 줄 알고 아저씨한테 많이 받아줄 거 아닙니까? 병원에 가서 진단서도 끊으시고요!"

"그러다 진짜 이혼하자고 하면 헤어져야 하남유?"

"그럼 뭐, 아삭이만 한 거 달린 놈 만나서 팔자 고치시는 거죠!"

"호호, 기사 양반이 말씀을 재밌게 하시네유! 호호호."

"아주머니, 그렇게 울다가 웃으시면 몸이 변하는데."

"하하하."

"호호호."

아주머니는 그렇게 마음이 풀어져서 읍내에 내렸다. 돌아오는 8월 31일이 아내와의 29주년 결혼기념일이다. 나도 다시 재계약을 해야 하는데 내가 지금 남의 집안 청양고추 걱정할 때가 아니다.

'아~ 나이 60에 이 꽈리고추 어쩔 겨!'

6
신데렐라의 틀니

　　요즈음 괴산은 가을걷이가 한창이다. 아니, 거의 마무리 단계에 들었다고 보면 된다. 보통 서리태 수확을 끝으로 가을걷이는 끝났다고 본다. 서리태는 서리를 맞아야 수확하는 콩이어서 서리태라고 부르는데 며칠 전 상강霜降도 지났고 시골버스가 다니는 길옆 콩밭에는 콩 타작하는 기계가 잘도 돌아간다.

　　김장을 위한 절임 배추 출하 시기가 다가오기는 하지만 여기서는 논외로 하자. 어찌 되었건 추수가 끝나고 농부에게 한가한 계절이 오면 시골버스에는 평상시보다 승객이 늘어난다. 농사일에 짬을 내지 못했던 할머니, 할아버지들의 읍내

나들이가 늘어나기 때문이다. 특히 장날은 꽃무늬 몸뻬바지와 장화를 벗어 던지고 집에서 제일 아끼고 좋아하시는 옷으로 성장盛裝을 하고 5일장 마실을 오신다.

혹시 여러분은 평상시 들에서 일하시던 노인들이 지나가는 시골버스를 쳐다보는 눈길을 자세히 본 적이 있는가? 신데렐라가 무도회에 가고 싶어서 동생들과 계모가 타고 가는 마차를 보는 눈빛과 별반 다르지 않을 것이다. 신데렐라가 그렇게 가고 싶어 하던 무도회장에는 숙녀들의 가슴을 설레게 하는 왕자님이라도 있지만 괴산 5일장 마당에는 백바지에 백구두를 신은 쫙 빠진 영감도 없는데….

지나가는 버스를 뚫어져라 쳐다보는 눈빛은 '내가 저걸 타고 장에 가야 하는데 이놈의 밭에 풀 약은 언제 다 치나.' 하시는 것 같다. 그리고 속곳 속에 고이 넣어 두었던 시계나 휴대폰을 꺼내 시간을 보신다. 버스가 마을을 지나는 시각이 평소보다 조금 빠르거나 느리면 군청이나 회사 사무실로 민원을 넣는다.

당신이 장 구경을 가지 못하는 아쉬움에 억하심정을 가지고 민원 전화를 하시기도 한다. 조금 괘씸한 마음이 들기도 하지만 노인들의 마음이 이해가 안 가는 것은 아니다.

이 노인들은 장날에 꼭 첫차를 탄다. 학생들의 등교 시각을 맞추느라 애가 타는 버스 기사의 마음은 아랑곳하지 않고 세월아 네월아 하루 종일 버스에 승차하면서 기사의 시간을 잡아 잡순다. 그리고는 오후 두세 시면 약속이나 한 듯이 어김없이 당신들의 집으로 돌아가신다. 꼭 신데렐라가 마술이 풀리기 전 자정에 맞추어 집으로 돌아가듯이.

신데렐라는 왕자님과의 댄스에 정신이 팔려 자정이 다 되도록 춤을 추다가 유리구두 한 짝을 떨어뜨리고 궁전을 뛰어나가지만 시골 노인네들은 힘들게 장 봐온 물건을 버스에 놔두고 집으로 돌아가신다. 잃어버린 물건이래 봐야 아무짝에도 쓸모없는 화장실용 슬리퍼 한 짝이나 파리채, 콩나물 한 봉지, 빨래집게 두 줄, 가끔 손때가 묻어 표면이 반질반질한 지갑이나 당신의 생명 같은 교통카드를 버스에 두고 내리실 때도 있다. 그래서 시골버스 기사는 노선을 한 바퀴 돌고 오면 분실물을 수거하여 버스 사무실에 반납하는 것이 하루의 규칙적인 일과가 되어 있다.

시골버스 기사가 산골 깡촌에서는 먹히는 직업임에 틀림없다. 특히 할머니들에게. 나이가 들어 경운기나 간신히 끌고 다니는 같은 집에 사시는 영감탱이보다 신데렐라가 탄 마차 같은 버스를 몰고 디니는 시골버스 기사가 백마 탄 왕자처럼 보이실 만도 하다. 그 증거로 시골버스 기사에게 집 두 채 가진 과부를 소개해준다고 은밀히 말씀하시던 할머니가 계셨을 뿐만 아니라 60대 중반 아주머니의 은근한 눈길도 받은 적이 있다. 이런 심각한 사실을 아내에게 고백했음에도 콧대 높은 아내는 콧방귀도 안 뀌는 눈치다.

'흥! 마누라! 어디 두고 봐라!'

하여간 괴산 시골버스 기사의 인기는 하늘 높은 줄 모르게 치솟고 버스 기사의 말 한마디, 한마디에 시골 할머니들은 큰 의미를 부여한다. 그날도 할머니, 할아버지들을 한가득 싣고서 운행하고 있는데.

"내리신다고 말씀하시거나 벨을 누르시면 꼭 내려 드릴 테니 제발 버스가 서기 전까지는 자리에서 미리 일어나지 마세요! 제가 어르신들 안 내려 드리고 모셔가도 어디 써먹을 데가 없어요! 장례나 치르면 모를까!"

"그래, 우리 같은 늙은이들 데려가 봤자 송장이나 치우지."

"그래도 난 아직 쓸 만혀! 밥도 하지 빨래도 하지! 밭일도 잘혀!"

시골버스 기사의 고품격 조크에 버스 안은 한바탕 웃음의

도가니로 변했고 극소수 할머니들은 품위 있게 보이시려고 입을 가리시면서 호호거리시지만 대부분 할머니들은 벌릴 수 있는 한계까지 당신의 입을 벌리고 껄껄거리면서 남자같이 호탕하게 웃으신다. 그러나 늙은 수컷들은 입을 굳게 다문 채로 가재눈을 뜨고서 당신들의 공동의 적인 시골버스 기사 뒤통수를 째려보기에 바빴다.

그날 분실물 수거 차 버스 실내를 한 바퀴 돌던 시골버스 기사의 시야에 평상시 잘 보지 못했던 물체가 바닥에 보였다. 손으로 주워서 자세히 관찰한 결과 '틀니'다. 신데렐라의 유리구두는 분명히 아니다.

목젖이 보이도록 크게 웃다가 분실하였을 가망성이 100퍼센트다. 할머니들만 소리를 내 크게 웃었던 정황 증거로 볼, 그 틀니는 할아버지의 것이 아닌 할머니의 것이 틀림없었다.

내일은 방榜을 붙여야겠다.

'괴산군 내의 모든 할머니에게 알립니다. ○○○○호 버스에서 틀니가 발견되었습니다. ○○일부터 이 틀니를 갖고 괴산군 내의 모든 할머니를 찾아갈 예정입니다. 그중 이 틀니가 입에 딱 들어맞는 할머니를 찾아 시골버스 기사의 색시로 삼겠습니다!'

아차 말이 헛나갔다. 맨 미지막 문장은 삭제. (하하하) 가을
이 깊어감에 시골버스 기사가 마음이 허한가 보다.

7

그 녀석

그 녀석은 괴산고등학교 학생이었다. 1학년 때부터 지켜봤으니 꼬박 3년을 본 셈이다. 버스 탈 때는 항상 조수석 맨 앞자리에 앉았다. 보통 학생들은 버스를 타면 맨 뒷자리로 가는 것이 정석인데 버스 타는 것을 좋아해서 그러려니 생각했다.

역사를 가르치는 선생님이 되고 싶다고 했다. 그런데 공부는 별로 열심히 하는 것 같지는 않았고 성적도 썩 신통한 편도 아닌 것 같았다.

그걸 버스 기사가 어떻게 아느냐? 성적이 괜찮거나 집이 원거리인 친구는 학교 기숙사 생활을 한다. 이도 저도 아닌 친구들은 야간 자율학습을 하고 밤늦게 야자 버스를 타는 것이 보통인데 이 녀석은 학교가 파하기 무섭게 집부터 가는 놈이다. 그 녀석에게는 자존심이 좀 상하는 질문이겠지만 언젠가 성적을 대놓고 물어봤던 적이 있다.

"역사 선생님을 하려면 사범대학 역사교육학과를 가거나 일반대학에서 사학을 전공해야 한다. 그런데 너 4년제 대학 갈 실력은 되냐? 반에서 몇 등급인데?"

우물거리면서 확실한 대답은 하지 않았지만 여러 가지 정황상 4년제 대학 갈 실력은 안 되는 것이 분명했다. 이런 대화가 오고 간 것은 그 녀석이 고3이 되어 수능을 한 6개월쯤 남겨놓은 시점이었다. 특이한 점은 그래도 버스 기사인 나와는 대화를 하는데 학생들끼리는 말을 섞지 않는다는 것이다.

"너는 왜 뒷자리 학생들하고는 아는 척을 안 하니? 모르는 친구들인가?"

"아니요! 별로 친하지 않아서 그래요!"

"역사 선생님이 되고 싶다며 근데 공부는 언제 하냐? 집에 가서 열심히 하기는 하니?"

"아닌데요!"

순진하고 착하기는 한데 도무지 대화가 되지 않는 녀석이었다.

'이거 욕망만 있지 노력은 안 하는 놈이구만!'

나도 모르게 혼잣말이 입 바깥으로 새어 나왔다. 물론 시끄러운 버스 엔진 소음 덕분에 그 녀석이 내 독백을 알아듣지는 못했을 거다. 녀석의 모친하고 함께 버스를 탈 때면 나에게 인사조차도 안 하는 것은 물론 아는 척을 안 하는 것이었다. 그런다고 섭섭하지는 않았지만 괘씸하기 그지없었다.

"너는 엄마하고 같이 타면 왜 아저씨를 모른 척하니?"

"엄마가 창피해서요!"

나이는 마흔쯤 됐다는데 뭔가 정신적으로 부족해 보이는 여자였다. 아버지는 살아계셨으면 65세가 됐을 거라 하였고 서울에 큰어머니와 아들 두 명이 살고 있다고 했다. 나이는 30대 중후반이고 그 두 명은 배다른 형제였다. 엄마는 아버지의 첩妾이었고 녀석은 자신이 서자庶子라는 사실과 정신적으로 부족한 친어머니가 부끄러웠던 거다.

"어머니, 애가 선생님이 되고 싶어 해요! 가능한 한 대학을 보내주서야 합니다."

그 녀석이 하도 안쓰러워서 주제넘은 조언을 그 여자에게 했다. 그 여자는 자기 아들은 고등학교를 졸업하면 군대 가야 한다며 반복하여 횡설수설하고 있었다. 그 두 명의 형들이 그렇게 하라고 했다고 한다. 나는 그 여자가 나의 말뜻을 알아들을 때까지 몇 번 더 얘기했다. 그러자 고개를 끄덕이면서 형들에게 다시 얘기한다고 그랬다.

그 녀석이 고등학교를 졸업하고 몇 개월이 지났을까. 증평 우체국 앞 승강장에서 그 녀석이 승차했다. 교복을 벗고 말끔한 사복 차림이었다. 등에는 책가방같이 보이는 배낭을 메고 한 손에는 원두커피를 담은 큼지막한 플라스틱컵을 들고 있었다.

"안녕하세요!"

자신감 있는 표정과 밝은 목소리로 나에게 인사를 했다. 나는 그 녀석이 대학에 진학한 것을 한번에 직감했다.

"대전에 있는 ○○전문대예요!"

"서울에 있는 형들이 보내줬어요!"

누가 물어보지도 않았는데 알아서 읊어댔다. 그리고는 쏜살같이 버스 뒷자리로 가서 앉았다.

'하! 녀석 많이 변했네!'

학교 기숙사에서 지내다가 집으로 가는 모양이었다. 그리고는 그 녀석이 사는 마을에 이르자 버스 정차벨이 울리고 정차한 버스에서는 나에게 잘 가시라는 한마디 인사도 없이 그 녀석이 내렸다. 한때의 객기로 저질러놓은 부친의 실수를 만회하려는 두 아들이 대견하다는 생각이 들었다. 청천 터미널로 돌아온 시골버스 기사는 다음 회차 운행을 준비하려다가 그 녀석이 앉았던 자리 근처의 버스 바닥에 흥건히 쏟아놓은 커피를 발견했다.

'그래서 인사도 안 하고 도망치듯 내렸구나! 아이고 녀석, 촌스럽게 시럽은 우라지게 많이 넣었네! 끈적거려서 잘 안 닦이잖아!'

대걸레로 바닥을 문지르던 시골버스 기사는 버스 안을 가득 채우는 향긋한 커피향처럼 본인의 얼굴에 미소가 환하게 번지는 것을 느낄 수 있었다.

가고 싶지 않은 노선

"오늘은 몇 명이나 탔어요?"

시골에 사는 촌스럽고 초라한 50대 아주머니 한 분의 질문이다. 증평에서 오창으로 가는 노선이 있다. 하루에 세 번. 그 노선은 타는 승객의 인원수나 인물도 항상 동일하다. 1년 내내 승객이나 승객 수가 바뀌지 않는다. 기사만 한 달에 한 번씩 또는 사나흘에 한 번씩 바뀐다.

증평에서 오창으로 가는 길은 4차선 신작로가 뚫린 지 오래 지났건만 시골버스는 시원하게 쭉 뻗은 신작로를 뿌리치고 굳이 과속 방지턱이 수십 개씩 있는 옛날 도로로 다닌다. 더불어 요즘 그 길은 상수도 공사를 위하여 깊이 파헤쳐져 있다. 버스 기사가 가고 싶지 않은 길이 있어서는 안 되겠지만 이 노선은 가고 싶지 않을 때가 있다. 아무리 부지런히 움직여도 항상 시간이 부족하고 과속 방지 턱을 충격 없이 넘기 위하여 저단 기어를 수없이 갈아 넣느라 클러치 페달을 하도 밟아대서 왼쪽 다리가 뻐근할 지경이다.

가뜩이나 육체적인 고통에 소리 없이 몸부림치며 가슴은 열을 받고 있는데 훅 치고 들어온 초라한 아주머니의 질문이 시골버스 기사에게 달가울 리가 없다.

"아주머니가 그걸 알아서 뭐 하시게요?"

"오늘 한 열 명은 탔나요?"

시골버스 기사의 질문은 무시하고 대답 대신 또 다른 차원의 질문이다.

"도대체 그걸 왜 아시고 싶은 겁니까?" 나도 모르게 질문에 짜증이 묻어 나왔다.

"타는 사람이 너무 없으면 노선이 없어질까 봐…." 아주머니가 말끝을 흐렸다.

그분은 이 버스를 의지해 노선상의 어디쯤엔가 존재하는, 그분의 생계를 지탱해주는 직장을 다니는 분이었다. 하루에 간신히 세 번 다니는 이 버스가 누구에게는 생존을 유지하는 수단인 깃이다.

　매일매일의 삶을 버스 노선에 의존하여 생계를 유지하는 아주머니에게 덜컹거리는 시골버스 운행은 지상 최대의 관심사이자 축복이었다.

　"최소 열 명은 넘게 탔습니다. 그리고 이 노선 안 없어져요. 너무 걱정하지 마세요! 여기보다 승객이 더 없는 곳도 다 다니고 있어요."

　버스 룸미러로 아주머니를 얼핏 보니 마음이 놓이는 듯한 표정이 얼굴에 스친다. 사실 초라한 버스 기사의 의지대로 할 수 있는 상황은 아닐지라도 아주머니에게 위안이 되는 말을 한마디 해야만 할 것 같았다. 그래서 보너스로 쐐기를 박는 발언을 한마디 더 했다.

　"아주머니 그 공장에 그만 다니실 때까지 이 노선 안 없어질 거니 너무 걱정하지 마십시오."

　그로부터 이틀이 지나고 다시 그 노선의 운행에 나섰다. 매일 검은 점퍼와 뒤집어쓴 벙거지 같은 모자가 그분의 트레이드 마크였지만 오늘은 노란색의 화사한 파카와 아침 일찍 손대고 나온 듯한 웨이브 진 머리가 돋보였다.

　"나 오늘 회식 있어!"

버스에 먼저 타고 있던 단골 승객들에게 묻지도 않은 말을 독백처럼 되뇌면서 버스에 올랐다.

"안녕~ 하세요!"

활기가 묻어 있는 목소리가 느껴진다. 오늘은 웬일로 기사 시선을 마주치고 인사까지 한다.

'아마도 오늘 회식이 있어서 신경 좀 쓰셨나 보네.'

시골버스 기사는 쓸데없는 궁금증을 유발하는 그 아주머니를 보면서 슬그머니 미소가 지어졌다. 그 아주머니의 직장이 어디인지, 대우가 좋은지, 뭘 하는 곳인지, 내 알 바는 아니지만. 그 직장은 아주머니 삶의 전부는 아닐지라도 틀림없이 그분 삶의 중요한 일부분을 차지할 것이란 생각이 들었다. 사실 그날 그 노선에는 하루 종일 여섯 명이 탔었다.

오창 가는 길

　　오창에서 증평 쪽으로 가다 보면 중간쯤 유리라는 정류장이 있다. 이 정류장에서 70대 아주머니 한 분이 타신다. 그리고 5~6km를 더 가다가 증평 못 미쳐 사곡이라는 정류장에서 내리신다.

　사곡에서 유리를 가실 때는 시간이 안 맞아서 그런 건지 기사가 맘에 안 들어서인지 모르겠으나 오창에서 운행하는 마을버스를 타고 가고 반대로 오실 때만 우리 버스를 이용하신다. 그날은 대낮인데도 불구하고 버스 바깥은 영하의 기온이었고 전날 눈이 와서 그런지 몰라도 바람이 몹시 불었다. 증평에서 오창을 향해 부지런히 버스 액셀레이터 페달을 밟고 유리를 지나는데 바로 그 아주머니가 반대편 승강장에 앉아 계신 것이 눈에 들어왔다.

버스가 오창을 돌아 그곳에 다시 돌아올 때까지 기다리시는 중이었다. 클랙슨을 살짝 누르니 버스를 쳐다보신다.

"아주머니 추운데 버스에 타세요!"

앞문을 열고 크게 소리쳤다. 아주머니는 이런 상황에 익숙하신 듯 두말하지 않고 버스에 올라오셨다.

"오창 갔다가 돌아올 때까지 거기에 계시면 추우실 것 같아서 타시라고 했어요! 단 버스비는 두 번 내셔야 합니다."

혹시 미안해서 쑥스러워하실까 봐 어색한 농을 건넸다.

"난 매일 이렇게 타고 다녀도 버스비는 한 번밖에 안 냈는데…."

'어? 이상하네! 나는 오늘이 처음인데 다른 기사가 벌써 생색은 다 내고 다녔나? 그래서 이런 상황에 익숙하셨구나!'

"한번 웃자고 그냥 해본 소리니 마음 쓰지 마세요!"

시골 기사의 농을 진정으로 알아듣고 버스 요금 두 번 내실까 봐 바로 이실직고했다. 연세가 74세라고 했다. 직업은 요양보호사라 하셨고 유리에 돌보는 어르신이 있어 일을 마치고 돌아가시는 중이라고. 남편은 은행원 출신인데 퇴직하고 사슴농장인가 하다가 들어 잡숫고 지금은 양봉업자로 변신했지만 꿀 팔아 벌어오는 돈보다 벌 키우는 데 돈이 더 많이 들어간다고 했다.

"그러면 아저씨에게 꿀벌 농사짓지 말라고 하세요!"

"기사 양반 내 얘기가 그 얘기라니까! 손해를 보는 벌을 왜 치는지 모르겠다니까! 그래서 내가 이 나이에 요양보호사를 하며 생활비를 벌어요!"

"아저씨가 재산은 많으신가요?"

"다 들어먹고 지금은 10원짜리 한 장 없슈! 내가 그런 인간인 줄 알았나? 그럴 줄 알았으면 시집 안 가는 건데. 조금 젊었을 때 이혼하려고 했는데 그때 할 걸 잘못했어! 지금 나를 바라보는 사람도 있는데."

"아주머니 위험한 발언입니다."

"괜찮아요! 집 나오면 따뜻하게 반겨줄 사람이 있다는 것이 얼마나 든든한데."

아주머니는 애써 어색한 웃음을 지어 보였다. 그래서 내가 그렇게 느끼는 건지도 모르지만 그 아주머니의 옷도 얼굴도 1년 전보다 더 화사해진 것도 같았다.

아! 나도 이럴 때가 아니다. 진짜 아내 얼굴 자세히 본 지도 오래되었다. 혹시 아내 얼굴이 화사해졌는지 오늘은 자세히 좀 봐야겠다. 이렇게 무관심하다가 아내에게 쫓겨나면 이 추운 엄동설한에 나는 어디로 가야 하나!

사람의 향기 /

할머니 한 분이 버스에 올라오셨다. 한 손에는 대나무로 만든 자그마한 부채를, 다른 한 손에는 꽃무늬 손수건을 들고서. 옷은 보기에도 시원한 마麻로 만든 투피스를 입으시고 시골스럽지 않은 스타일의 할머니이시다. 버스에 오름과 동시에 탈 많고 말 많은 버스 기사 운전석 바로 뒷자리에 착석하셨다.

그런데 시골버스 기사의 쓸데없이 예민한 개코에 상큼하고도 시원한 수박 향기가 스치고 지나갔다. 시골버스 기사는 몇 차례에 걸쳐 고약한 냄새 때문에 고통을 겪었던지라 이런 상황이 얼마나 반갑고 행복했는지 그 할머니를 업어주고 싶은 심정이었다.

'그래! 내가 냄새 가지고 글을 쓰기 잘했지!'

'아마도 신께서 버스 안을 내려보시다가 버스 기사가 하늘에 대고 원망하는 소리를 듣고 이 할머니를 내게 보내신 모양이다.'

버스 기사는 자신도 모르게 흐뭇한 미소를 짓고 있었다.

'그래! 내리지 마시고 종점까지 가시라!'

할머니가 운전석 바로 뒤에 앉아 계신 동안에는 그 누구도 그 자리를 넘보지 못할 것이고 그 시간 동안 버스 기사는 불안에 떨지 않아도 될 것이기 때문이다. 사람에게서 풍기는 향기는 육체적 냄새뿐만 아니라 정신적인 향기도 존재한다. 깊은 물은 썩지도 않을 뿐만 아니라 움직임도 고요해서 주변을 평온하게 하는 힘이 있다.

집 앞을 흐르는 동네 개울은 조금만 멈춰 있어도 녹조가 끼고 썩기 시작한다. 더구나 상류의 아주 작은 변화에도 개울물은 변덕이 죽 끓 듯하여 넘쳐서 범람하기도 바싹 말라서 바닥을 드러내기도 한다. 사람도 물과 같아서 속이 깊은 사람은 향기로운 물 냄새가 나며 잔대가리만 굴리는 놈에게서는 썩은 시궁창 냄새가 난다. 시골버스 기사같이 후각이 예민한 사람만 아는 것도 아니요, 누구나 알고 있지만 단지 말을 안 할 뿐이다.

나는 매일 출근 전 새벽에 샤워를 한다. 혹시 모를 나와 같은 품질의 개코 소유자가 버스 승객으로 승차할 때를 대비하여. 그리고 독서로 머릿속도 채우려 노력한다. 내 생각에서 썩은 냄새가 나지 않도록.

그 천사 같은 할머니를 모시고 10분쯤 달렸을까. 전화벨 소리와 함께 며느리에게서 전화가 왔다. '며느리 전화인지 어떻게 아느냐? 전화 대화 소리가 기사에게 들렸거든.' 그래서 본의 아니게 대화를 엿듣게 되었는데.

진짜 본의 아니게 버스 내에서는 남의 전화를 엿듣게 되는 경우가 많다. 어르신들이 연로하신 이유로 청력에 약간의 문제가 있어 대화 자체가 커지는 경향도 있지만 대부분 스피커폰으로 대화한다. 왜 그렇게 하시는지 이유는 아직 모른다. 그 할머니도 예외 없이 스피커폰으로 통화를 하셨다.

"어머니! 에미예요! 어디 계셔요!"

"버스 타고 터미널에!"

"조금 기다리시지! 제가 모시고 갈 테니 다음 ○○○에서 내리세요!"

"아니! 너 일 봐라! 그냥 버스 타고 갈 테니!"

'이상한 아줌마야! 그냥 버스 타고 간다고 하시잖아?' 내가 전화기를 빼앗아서 얘기하고 싶을 지경이었다. 얼마 만에 이렇게 교양있고 향기 나는 할머니를 만났는데.

그 할머니는 그렇게 다음 승강장에서 하차하셨다. 그런데 기적이 일어났다. 안 좋은 기적이. 바로 할머니가 내리신 그 승강장에서 몸에서 풍기는 냄새로 버스기사를 곤란하게 했던 바로 그놈이 승차했던 것이다. 행색만 도 닦는 놈이지 허구헌 날 버스 타고 돌아다니는 것으로 보아 놈팽이가 틀림없다.

'쓰벌! 이놈의 시골버스는 타고 내리는 승객이 어떻게 매일 그 얼굴이냐!'

드디어 향기가 내리고 악취가 탔다. 그것도 운전석 바로 뒷자리에. 터미널에 들어온 기사는 버스에서 내리지도 않고 온라인 마켓을 뒤지느라 정신이 없다.

검색어는… '냄새 잡는 탄소 필터 마스크.'

⑪
사람의 향기 2

     충돌사고가 날 경우 운전기사는 무의식적으로 자신의 생명을 보존키 위하여 핸들을 좌측으로 꺾는다고 하여 버스에서 가장 위험한 좌석은 버스 기사의 우측 좌석, 즉 조수석이고 안전한 좌석은 버스 기사 바로 뒷좌석이라고 이야기들을 한다. 그러나 이 이야기가 통계적으로 검증되었거나 학자의 연구로 보고되었다는 이야기는 아직 듣지 못했다. 시중에 떠도는 썰 정도가 되지 않을까 생각한다.

     그래서 그런지 버스 타는 승객의 8할 이상은 운전석 바로 뒷자리에 미련을 갖고 있는 듯하다. 시골버스 승객들은 자신의 처지와 상관없이 운전석 바로 뒤에 앉고자 노력한다. 그래서 운전석 바로 뒷자리는 사람 냄새가 물씬 나는 자리임에 틀림없다.

더구나 민감한 후각을 자랑하는 시골버스 기사에게는 바로 뒷좌석 승객의 위생 상태뿐 아니라 바로 전에 먹었던 식사의 메뉴도 향기가 말하여 준다. 혹시 뒷자리 승객이 입을 벌려 말을 하거나 설상가상 트림이라도 하는 날이면 식사했던 메뉴의 양념도 맞출 수 있다고 장담한다. 비록 어떻게 요리한 음식을 먹었는지 검증해 보지는 않았지만.

'분명히 생선조림을 먹었는데…'

주된 양념이 고춧가루인지 간장인지 알 수 있을 것 같다. 버스 기사는 그날의 향기에 따라 하루의 기분이 달라진다. 그래서 항상 좋은 향기가 나는 젊은 아가씨가 그 자리에 앉기를 바라지만 맘속 바람일 뿐 그런 아가씨가 운전석 뒷자리에 앉을 경우는 확률적으로도 의미 없는 숫자에 지나지 않는다.

젊은 아가씨 나이의 기준이 한 60세 미만이라면 모를까. 괴산군에서 20~30대 젊은 여성을 본다는 것은 행운에 가까운 일이다. 더군다나 그런 여성은 버스를 잘 타지도 않을뿐더러 비록 버스에 승차했다 해도 기사가 정우성쯤 되지 않는 이상 거기에 앉을 확률은 제로에 가깝다.

지난 글에 말씀드린 것처럼 향기가 나는 할머니가 앉아주셔도 감지덕지다. 사람 향기가 꼭 가까이 붙어 있어야 맡을 수 있는 것도 아니다. 버스 맨 뒷자리에 앉아 있어도 말소리로도 느낄 수 있다. 말하는 어투나 내용을 보면 그 사람의 향기가 난다. 좀 더 나아가 아예 생전 일면식도 없는 몇천 리 떨어져 있는 사람의 향기를 느낄 때가 있다. 그 사람의 글을 보면 그 사람의 향기가 느껴진다.

말 같지 않은 말을 하는 사람에게서는 인간성이 썩은 냄새가 난다. 자기 말만 고집하는 사람에게서는 상한 냄새가 나고 타인의 마음에 공감하지 못하는 사람의 글에서는 도금공장 정화조의 화학약품 냄새가 난다. 뇌물을 받아먹고 변명하는 사람에게서는 썩은 양심의 냄새가 풍긴다. 아무리 양치질을 잘해도 소용없다. 내장에서 올라오는 냄새는 쉽게 지울 수 있는 것이 아니다.

사람의 향기는 마음에서뿐만 아니라 전파를 통해서도 전달된다. TV를 보고 있노라면 힘들고 어려운 우리의 이웃을 도왔다는 이름 모를 독지가에 대한 이야기가 나오면 우리 거실에도 아름다운 향기가 뿜어져 나오기도 하고 불미스러운

사건, 사고나 파렴치한 인물들이 뉴스에 나오면 우리 집 거실
은 썩은 냄새가 진동한다.

한 개의 하늘에
두 개의 태양은 없다

시골버스 기사는 선천적으로 타고난 예민한 후각이 골칫거리다. 시골버스 승객 중에는 기사들 사이에서도 악명 높은 승객이 있다. 무협지에 등장하는 강호의 고수처럼 각 노선마다 지독한 악취를 풍기는 승객들이 괴산 곳곳에 숨어 계신다. 이분들이 등장하는 날에는 나만큼 예민하지 않은 후각의 소유자인 동료기사들도 그 승객들의 위용 앞에 고개를 숙이다 못해 절레절레 흔드는 경우가 다반사다.

이분들은 성별도, 연령도, 사는 곳도 다르지만 공통점이 있다. 바로 몸에서 풍기는 악취가 부둣가 허름한 횟집에서 나는 초고추장 냄새와 비슷하다는 것이다. 하여간 그날은 코끝에 밴 냄새가 대뇌 피질 속에 각인되어 하루 종일 머릿속에서 풍기며 지끈지끈한 두통을 만들어 냈다.

일찍 끝나는 노선을 돌고 오는 날은 가끔 집에서 저녁을 먹을 때가 있다. 그날도 모처럼 식탁에 앉아 저녁을 시작하는데.

"여보, 이거 먹어봐! 싱싱해서 사봤어!"

아내는 먹음직한 생굴 한 접시를 내어놓았다. 하나를 젓가락으로 집어 초고추장을 찍어 날름 입 안으로 넣는 순간 싱싱한 바다향과 함께 낮에 버스 안에서 있었던 기억의 냄새가 스멀스멀 올라왔다.

"맛있지?"

나는 도대체 뭐라고 대답해야 할지 잠시 혼란스러웠지만.

"응! 뭐 대충. 아~ 그래 맛있어!"

아내의 정성에 대한 예의를 최대한 지키는 발언을 하느라 입에서 쥐가 날 지경이었다. 그날은 유난히 피곤하여 일찌감치 잠자리에 들기로 결심하고 분노의 양치질을 마친 후 침대에 누웠다. 어디선가 스멀스멀 올라오는 '방울이'의 체취. 방울이는 우리 집에서 8년째 동거동락하는 샴고양이의 이름이다. 새끼일 때 큰딸애가 친구에게 분양받아온 수컷 고양이인데 워낙 쫄보여서 집 바깥으로 외출이라도 할라치면 오금을 세대로 펴지도 못하고 낮은 포복으로 바닥을 엉금엉금 기어 다닌다. 이런 놈이 집에서는 꼴에 수컷이라고 체취를 집안 곳곳에 묻혀놓곤 한다. 그것도 꼭 내 물건에.

가방, 벗어놓은 슬리퍼, 옷걸이에 걸어놓은 옷, 가끔 내가 덮고 자는 이불에도 흔적을 남긴다. 그러나 딸애와 아내가 항상 귀여워해주니 나는 아내와 딸이 무서워 제대로 대응도 못하고 숨죽여 지낸 세월이 벌써 8년이 흘렀다. 인터넷으로 검색해보니 고양이 나이 여덟 살이면 사람 나이로 50대 중후반쯤 되었다고 했다.

그래서 그런지 이놈이 나를 자신의 경쟁자로 여기는 것 같기도 하다. 그렇다고 만물의 영장인 내가 그놈과 경쟁하여 집안 곳곳에 소변을 뿌리고 다닐 수도 없는 노릇 아닌가? 냄새의 근원지를 찾아 팬티 바람으로 방안을 뒤진 지 5분째. 드디어 찾았다. 내 베개에서.

'이놈이 건방지게 아빠 베개에다가 냄새를 뿌려!'

오늘 하루 종일 받았던 스트레스가 한순간에 머리 위로 뻗치면서 폼페이를 폐허로 만든 베수비오Monte Vesuvio 화산의 용암이 분출하듯 분노가 폭발하였다. 헐렁한 트렁크 팬티, 목 늘어진 러닝셔츠를 걸친 반백의 배 나온 중년 사내가 다리를

벌리고 서서 한 손에는 파리채를 거머쥐고《햄릿》의 주인공
처럼 대사를 읊조리고 있었다.

"오늘은 기필코 이놈을 응징하리라! 그놈이 나가던가, 아
니면 내가 나가던가."

힘주어 잡은 파리채 끝이 가늘게 떨렸다. 그러나 두 눈이
동그란 방울이는 낌새를 눈치챘는지 눈앞에서 벌써 사라진
지 오래다. 나는 이를 악물고 대사를 한 번 더 쳤다.

"한 개의 하늘에 두 개의 태양은 없다!"

13

서울 토박이의 둘도 없는 친구 영길 씨

괴산에서 목도를 가는 노선이 있다. 이 노선의 중간에 대상동이란 마을을 거친다. 이 마을의 승강장에서 종종 술 취한 아저씨가 한 명 타는데 술이라도 한잔 거하게 걸친 날이면 버스 기사에게 눈을 부라리면서 시빗거리를 찾곤 했다. 그리고 얼마나 아는 척을 하는지 세상 돌아가는 이치는 물론 정치, 경제, 사회, 문화와 사람의 심리 등을 포함하여 이 친구가 모르는 일이 거의 없다. 남이야 듣건 말건.

버스에 타는 순간부터 내릴 때까지 떠든다. 시골버스 기사는 그래서 피곤하다. 한두 번 윽박지르기를 하여 조용히 가는 날도 있지만 이 친구가 버스에 타는 날이면 그날은 하루 종일 풀약 맞은 논두렁의 잡초처럼 기분이 누렇게 변한다.

"형! 거! 대상동에서 버스 타는 꼴통 아세요? 그 인간 도대체 몇 살이나 먹었어?"

"아! 그놈 술주정꾼. 한 기사보다 두세 살 어릴걸! 왜 한 기사한테 뭐라고 시비해? 자꾸만 신경 쓰이게 하면 혹시 영길이 아니냐고 물어보고 안다고 하면 한 기사가 친구라고 해! 그러면 조용해질 거야! 하, 하, 하."

읍내에 살았다고 했는데 이름은 '○영길'. 부친이 경찰관이었다고 했다. 그래서 그걸 믿고 그랬는지 동네 애들을 모두 패고 다니는 괴산에서 아주 유명한 건달쯤 되는 놈이었다고. 나이는 나하고 동갑내기라고 하니 올해로 쉰아홉이 됐을 거라 했고 지금은 어디에 살고 있는지 알 수 없다고 했다.

어린 시절에 또래 학생들치고 그놈에게 시달리지 않은 학생이 없을 정도로 악명이 높았다는데. 결국 법무부가 운영하는 교정시설에도 몇 번 들락거렸다고 했다. 그래서 내가 '○영길'하고 동갑이고 친구였다 하면 그 술주정꾼이 다시는 시비 걸지 않을 것이라는 얘기다. 덧붙여서 그 술주정꾼이 영길이를 엄청 두려워했다고 했다.

선배 기사에게도 시비를 걸기에 "내가 영길이 선배인데 너

영길이 아냐?" 이렇게 물어봤더니 "저~ 영긴이 혀~ㅇ이요!" 하고 얼굴빛이 변하면서 떨리는 목소리로 되묻는데 그놈을 두려워하는 눈치가 역력해 보이더라고 했다.

그다음부터는 선배 기사에게 "형님! 형님!" 그러면서 시비는커녕 항상 깍듯하게 인사하더란다. 시골버스 기사도 이름을 잊어먹지 않기 위하여 스마트폰 메모장에 '○영길'이라고 적어서 갖고 다니면서 이제나저제나 때만 기다리고 있었다.

그래도 기회가 오지 않길래 우리 기사 중에 예전에 좀 노셨던 발이 넓은 선배 기사에게 한 번 테스트도 해볼 겸해서 물어보았다.

"형! 영길이 알아? ○영길이!"

순간 얼굴빛이 바뀌면서 "한 기사가 그놈을 어떻게 알아?"

"내 동기거든."

그 선배 기사는 더 이상 나에게 질문이나 답을 하지 않았다. 필시 그놈하고 좋지 않은 추억이 있는 것이 틀림없었다. 분명히 효과가 있는 것이 은근히 기대되었다.

드디어 그놈이 내가 운행하는 버스에 탔다. 나에게 말 걸기를 기다리며 영길이를 물어보려고 기회만을 엿보고 있는데. '어라!' 이놈이 아무 소리 없이 목적지까지 쥐 죽은 듯 조용히 가는 것이 아닌가? 더구나 버스에서 내릴 때는 아주 낮고 공손한 목소리로 "수고하십시오!" 이렇게 인사까지 했다. 원래 목소리가 하이톤에 거의 쉰 음색이었는데.

그야말로 개과천선이란 사자성어를 몸소 체험하는 순간이었다. 그놈이 갑자기 왜 변했는지 나에게 노하우를 전수해 준 선배 기사에게 자초지종을 들을 수가 있었다.

며칠 전 그 선배 기사의 버스를 그놈이 탔는데 '17호 기사는 당신보다 나이가 더 먹은 형이고 더구나 영길이 친구이니 함부로 대하지 마라'고 귀띔했다고 했다. 이로써 서울 토박이가 괴산 읍내에 살았던 '○영길'과 둘도 없는 친구가 되었다. 하여간 영길이 덕분에 나는 미래가 편해지게 생겼다.

"한번 본 적도 없는, 이름만 아는 영길 씨!"

"어쨌든 고마워! 언제 만나면 내가 밥 한번 사리다!"

혹시 내가 정말 일찍 왔나?

　　이 세상 만물은 공간 이동 시 최단 경로를 찾아 목적지로 이동한다. 산 위에 내린 빗물은 가장 짧은 경로를 찾아 바다(가장 낮은 곳)로 가고 어둠을 관통하는 빛은 항상 직진한다. 직진하는 것이 최단 거리이니까!

　　비행기나 배의 항로도 직선이다. 지구가 구형이고 지구 표면을 따라서 움직이므로 실제 경로는 원호를 그리지만 지도상에는 직선으로 표시된다. 이 이야기가 이해 안 되시는 분은 지구본을 펜으로 그어 보면 이해할 것이다. 그래도 이해가 안 되면… 나도 어쩔 수 없다.

　　어찌 됐건 이 모든 현상은 에너지 효율하고 연관이 있다.

공간을 이동하는 것만이 목적이고 결과라면 쓸데없이 에너지를 낭비할 필요가 없지 않은가? 아마 생명이 있는 생명체들도 같은 이치로 움직이리라. 목적지에 도착해보니 갖고 있던 에너지의 30%만 사용해도 될 것을 돌아오느라 50%의 에너지를 썼다면 좀 억울하지 않은가! 오는 도중 너무 멋진 오솔길이 있어 시詩라도 한 수 지을 만한 경험을 얻어 오면 모를까. 그리고 나는 그 詩가 낭비된 에너지 20%를 상쇄하고도 남으리라 확신한다.

인간은 자신이 매일 다니던 길을 벗어남으로 영감을 얻는다. 여기에는 여행도 포함된다. 새로운 길을 걸어갈 때 인간의 뇌는 자신이 갖고 있는 최고의 인지능력을 발휘하여 주변 사물과 시시각각 변하는 상황은 관찰하고 이것을 토대로 이 뇌의 주인을 안전하게 목적지까지 도착시키고자 노력한다. 육체가 멀쩡해야 거기에 달려 있는 머리와 나를 지배하는 뇌도 무사할 것 아닌가?

여기서 인간은 즐거움이라는 잉여 수확물을 얻게 된다. 익숙함이란 매일의 반복된 일상으로 얻어지는 부산물일 뿐이다. 익숙함은 실수를 줄여줄 수는 있어도 창조적이거나 삶의 즐거움을 주지는 못한다.

시골버스 노선은 절내로 직선 코스로 가도록 만들지 않는다. 가능한 한 빙글빙글 돌아서 산골 마을 많은 곳을 거쳐서 갈 수 있도록 노선을 설계한다. 그것이 시골버스가 존재하는 이유이니까! 시골버스는 원점 회귀 노선이 많은 비중을 차지한다. 산골에 사는 사람들의 생활권이 군청 소재지나 읍내로 한정될 수밖에 없는 현실을 반영한 결과이다.

본거지인 터미널을 출발한 버스는 마을을 구석구석 쑤시고 다니다가 괴산 바닥을 한 바퀴 돌아 다시 터미널로 돌아온다. 버스 노선이 갈 때 올 때 들르는 마을에 사시는 노인들에게는 이런 버스 노선은 아주 좋은 관광 노선이다.

나이가 들어 농사일에서 조금이나마 해방된 이제야 내가 사는 곳의 주변이라도 구경하고자 하나 구경은커녕 내 동네 둘러보기도 버거울 만큼 육체는 쇠퇴해져 본인 신세만 한탄하니 그 우울한 감정은 우울증을 불러들인다. 그런 우울증의 원인이 외로움에서 기인한 것이라면 시골버스가 특효약이다.

여러분은 기사들이 가장 경계하는 승객이 누군지 아시는가? 아이러니하게도 시골버스 타고 관광하는 노인들이다. 버스 운행 중에 햇빛 피한다고 자리 옮겨 다니시기, 옆 동네 지인 승차 시 버스 요금 대신 내준다고 걸어 나오시기 등 거의 언제 터질지 모르는 폭탄을 싣고 다니는 느낌이 든다.

동네를 지나는 마을 어귀에서 출구에 이르는 모든 길에 수십 개씩 만들어 놓은 과속 방지턱은 말이 과속 방지턱이지 거의 산맥 수준으로 통통거리는 시골버스와 만나서 버스 안 승객들을 길길이 날뛰게 한다. 노인들은 버스가 움직이는 도중 자리를 옮기다가 다치시는 경우가 종종 있다. 골다공증이 심한 노인들이 대다수여서 넘어지시거나 버스 내 시설물에 부딪히면 골절상을 동반한다.

그래서 버스 기사는 전방을 주시하기보다 룸미러로 버스 안을 살피기 바쁘다. 또한 이 어르신들은 천동설(이 세상은 나를 중심으로 움직인다)의 신봉자여서 절대로 주변 상황에 당신을 맞추지 않는다. 내가 움직일 때는 기사가 항상 나를 주시하기 때문에 결코 버스는 움직이지 않을 것이며 다른 망구들은 서 있으면 안 되지만 나는 항상 괜찮아서 절대로 안 넘어진다고 믿는다.

시간도 풍족한 시간 부자들이다. '이왕이면 나를 태운 버스는 노선으로 가지 말고 경치 좋은 곳으로 한 바퀴 더 돌고 가지!' 이렇게 바랄지도 모른다. 왜냐하면 목적지에 도착해도 할 일이 딱히 성해지지 않았으니까? (너는 나이가 들어도 절대로 안 그럴 거라고 항변하지만 아직 노인이 되어보질 않았으니 알 수 없는 일이다.)

터미널에서 출발하여 첫 번째 동네 어귀에 들어섰는데 길 건너 맞은편 승강장에 앉아 계시던 할머니 한 분이 버스를 보고 손을 흔들었다. 다시 돌아오는 길에 태워드리고 싶었으나 버스가 돌아올 때까지 기다리시게 하기에는 시간이 만만치 않아 버스를 세우고 길을 건너오실 때까지 기다리다가 문을 열어드렸다.

"아이고! 오늘따라 차가 일찍 왔네!"

"어디 가시게요?"

"차가 일찍 왔길래!"

"어르신 자리 옮겨 다니시면 안 돼요!"

"알았어! 차가 일찍 와서."

다음 마을에서….

"벌써 타고 있네! 시내 가려고?"

"웅! 차가 일찍 와서!"

"오랜만이야! 여기서 보네!"

"그러게! 차가 일찍 와서!"

기사 속마음, '(배차시간표를 슬쩍 보면서) 혹시 내가 정말 일찍 왔나?'

복권이나 한 장 사보슈!

이번 달 노선은 두 가지다. 그중 하나가 괴산 터미널을 출발하여 '감물, 목도'라는 곳을 거쳐 '음성'까지 다녀오는 왕복 노선이다. 보통 음성 터미널에서 승차한 승객은 목도까지 가기 전 거의 하차하는데 극소수의 승객만이 목도를 지나쳐 감물까지 온다. 하물며 괴산 터미널까지 주야장천 가는 승객은 거의 없다고 보면 된다. 음성 터미널에서 소수라는 곳을 거쳐 괴산 터미널로 오는 직통 노선이 있기 때문에 그 노선의 버스를 타는 것이 상례이다. 물론 목도 노선이 소수 노선보다 운행 시간도 두 배 더 걸린다. 그런데 가끔 목도로 돌아오는 긴 노선의 버스를 타고 괴산으로 오는 승객들이 있다. 대부분 할 일이 없으시고 남는 거는 시간밖에 없는 노인들이다. 시골버스를 관광버스 삼아 시간도 때울 겸 무료한 하루를 보내는 주요 행사 삼아 타고 다니신다.

시골버스 기사가 제일 경계하는 요주의 인물들이다. 연세가 많으신 노인들이다 보니 족히 한 시간 이상을 통통 튀는 버스의 딱딱한 시트에 엉덩이를 붙이고 앉아 계신 것도 고역일 것이다. 에어 서스펜션이 붙어 있는 관광버스와는 상대가 되지 않는 승차감에 차창에 커튼도 없는 시골버스를 타고 기사 눈치를 보며 관광을 다니시는 노인들을 보면 측은해 보이기도 한다.

꼬불꼬불한 시골길을 달리다 보면 햇빛의 방향이 수시로 바뀐다. 버스에 커튼이 없으니 노인 관광객들은 햇빛을 핑계 삼아 자리를 옮겨 다니시고 이럴 때 시골버스 기사는 가슴이 철렁하고 내려앉는다.

"실례지만 어디까지 가십니까?"

최대한 정중하게 그러나 낮은 목소리로 무겁게 질문했다. 음성에서 승차한 승객 중 한 명이 분명한데 감물을 지났는데도 도무지 내리실 기미가 안 보여서 말을 걸어본 것이다. 특히 오늘은 감물에서 감자 축제를 한다고 하여 모처럼 시끌시끌하게 사람들이 많이 모였다. 그나마 교통정리를 한다고 하는데. 그럼에도 불구하고 여기저기 차를 세워놓아 통과하기가 여간 불편하지 않았다. 어지럽게 주차된 차량 사이를 비집고 다니느라 신경이 곤두선 버스 기사 눈에 달랑 혼자 타고 계신 노인네가 보인 것이다.

"일 보러 괴산까지 가요!"

"아니 무슨 일을 보러 가시는데 이 버스를 타셨습니까? 음성에서 괴산으로 직접 가는 버스를 안 타시고. 이렇게 시간이 늦어져도 되는 일인가 봅니다."

불만이 잔뜩 들어 있는 버스 기사의 질문이다.

"뭐, 중요한 일은 아니고 그냥 시간이 남아서."

시골버스 기사가 가장 탐탁지 않게 여기는 승객이었다. 올해로 72세가 되신다고 했다. 차를 타고 돌아다니시는 것을 좋아하셔서 멀리 돌아가는 버스를 탔으니 너무 나무라지 말라고 하셨다. 그리고는 버스 기사의 고충도 충분히 이해한다고 하시는 걸로 봐서 그렇게 경우가 없는 노인은 아닌 것이 확실했다.

중학교 2학년 때 뇌수막염을 앓아 사경을 헤맸다가 기적적으로 생존하셨다고 하였고 그 후유증으로 몸이 불편해 운전면허를 가져보는 것을 평생 이루지 못할 소원으로만 그치

섰다고. 그 당시 병원을 가보거나 의사를 만나기가 어려운 시절이라 그분의 아버님은 아이가 의식을 잃고 숨도 쉬지 않아 죽은 걸로 알고 장사를 치르려 거적때기에 말아놓았다고 했다. 그런데 어머니가 한 시간이라도 더 있다가 묻으라고 울며불며 사정하여 하룻밤을 집에 방치하였는데 다음 날 아침 매장하러 가기 전 얼굴이라도 한 번 더 보려고 거적을 들추니 애가 숨을 쉬더라고…. 열흘을 혼수상태로 있다가 깨어나셨다고 했다.

지금의 아내와 결혼하여 아들을 삼 형제 두고 며느리도 셋이나 보았다며 웃으셨다. 신발가게를 하시다가 이제는 은퇴하여 소일거리로 버스 타고 유람 다니시는 중이라고.

"제가 귀한 분을 만났습니다. 저의 무례함을 용서해 주십시오!"

"기사 양반 무슨 말씀을. 내가 더 미안허유! 참 내가 죽었다가 기적적으로 살아난 증인이니 나를 만난 것도 인연이라 생각하시고 복권이나 한 장 사보슈!"

"네! 그렇게 하겠습니다. 하하."

그리고 그날 시골버스 기사는 거금 1만 원을 들여 복권을 두 장 샀다.

16
묵묵히 살아온 한 남자의 인생 서사

　　오늘은 버스 관광객을 아예 모집했다. 일요일에 ○○일. 학교 가는 날도, 장날도 아닌 동네 의원들이 문 닫는 일요일. 다시 말씀드리면 버스에 승객이 거의 없는 날이다. 충북 음성으로 귀촌한 선배에게 카톡을 올렸다.

　　'형! 혹시 오늘 시간 있으면 괴산 버스투어 안 하시렵니까? 1안: 음성 터미널(10:10 출발)→목도→괴산 터미널, 점심식사 제공→목도. 2안: 음성 터미널(13:00 출발)→목도….'

　　답이 왔다. 2안. 드디어 버스 손님 한 명 확보했다. 그것도 유료 승객으로.

　　내가 알고 있는 지인 중 가장 유명한 인사이다. 아니 조금 시간이 지나면 가장 유명했던 분이라고 과거형으로 표현해야 할 것이다. 아직은 현역 SBS 아나운서. 한때는 이름을 날리던 스포츠 캐스터, 그중 몇몇 종목은 '대한민국에서 쫓아올 사람이 없을 정도로 독보적인 존재'라는 타이틀도 붙었었다. 그러나 인기 종목은 후배들에게 양보하고 비인기 종목만 고집했던 우직한 바보 같은 분.

금전에 욕심이 없어 프리 선언도 하지 않았으며 권력을 갖고 싶어 여덟 시 뉴스의 메인 앵커 자리에 침을 흘리며 후일 정치적 출세 따위의 일은 도모하지 않을 사람이란 걸 느낌으로 알 수 있었다.

우리는 버스 안에서 괴산 촌구석의 아름다움에 대하여 이야기했다. 길가 푸른 밭에 심어놓은 옥수수나 담배에 대하여 그리고 초로의 두 중년 사내가 떠드는 경건한 수다에 예를 갖추듯 도열해 있는 은행나무에 대하여도 이야기했다.

우리는 바보들에 대한 얘기도 나누었다. 박홍주 대령, 강재구 소령, 쪽방촌의 슈바이처 선우경식 원장. 이 세상을 바보같이 우직하게 살다 간 학교 선배들 얘기도 하였다. 그리고 이제 얼마 남지 않은 선배의 정년퇴직과 미래에 대해서도.

또한 각자도생을 강조하며 여수로 힐링 여행을 떠난 형수와 본인의 생일을 거론하며 늦은 귀가를 시골버스 기사에게 통보하던 내 아내의 험담도 나누었다. 아주 조금.

시골버스 기사는 오늘 하얀 포말泡沫이 부서지는 거친 파도와도 같은 삶을 묵묵히 살아온 또 다른 한 남자의 인생 서사敍事를 마주할 수 있었다.

V

자화상

①
나이 듦에 관하여

괴산 터미널에서이다.

"기사 양반, 나 화장실 좀 다녀와도 돼유?"

"그렇게 하세요!"

"여기 짐 놔두고 가요?"

"네! 그렇게 하세요."

버스는 출발할 시간이 다 되었는데 화장실 가셨던 할매는 언제 오실 줄 모르고. 시골버스 기사는 비단 구두 사가지고 온다던 서울 간 오빠를 기다리는 누이동생처럼 애타는 가슴을 졸이면서 할매를 기다렸다.

출발시간을 몇 분 훌쩍 넘겨 만족한 미소를 입가에 흘리며 바로 그 할매가 버스에 승차했다. 룸미러로 보이는 버스 안 수십 개의 눈동자는 불쌍한 시골버스 기사를 비웃는 듯이 보이고….

"어르신 왜 이리 늦으셨어요?"

"응! 간 김에 카드 돈 좀 채우느라구."

버스에 짐도 올려놓았겠다, 기사에게 허락도 받았겠다, 당신 볼 일 다 보고 오시더라도 버스가 출발 못 하리란 걸 간파하신 할매는 당신의 업무를 모두 해결한 후 버스로 복귀하신 것이다.

'왜? 가락국수라도 한 그릇 하고 오시지.'

비꼬는 소리가 입속에 맴돌았지만 차마 입 바깥으로 내놓지 못하였다. 한 번을 그렇게 당한 시골버스 기사는 곰쓸개 대신 멸치 똥을 씹어먹으며 다시는 이런 우를 범하지 않으리라 다짐, 또 다짐했다.

이런 일을 당한 지 벌써 3년이 다 되어간다. 이제는 나도 얼굴이 승객들에게 알려질 만큼 알려져서 승객들이 술수를 쓰지 않지만 아쉽게도 치매가 있는 노인분들이 지금도 화장실 간다고 기사에게 물어보시는 경우가 있다.

"가시는 건 자유롭게 하시구요, 버스는 출발시간 되면 갈 겁니다. 아 참! 짐은 들고 가세요!"

좀 야박하지만 버스 출발 시각 때문에 가슴 졸이던 상황을
원천 봉쇄하는 발언을 한다.

아침 첫차로 청천을 갔다가 노선을 되짚어 괴산으로 돌아
오는데 산골 마을에서 건고추 자루를 둘러맨 젊은 친구가 버
스를 기다렸다. 버스에 승차하기 편하라고 뒷문을 열어주니
얼씨구나 하고 올라타는 게 표정으로 읽힌다. 버스 안에는 커
다란 건고추 두 자루와 젊은 친구, 그리고 버스 기사 이렇게
있었다.

"기사님! 이 차가 8시 10분에 다시 청천으로 돌아가는 차
맞죠?"

"네!"

"동부 방앗간에 고춧가루 내러 가는데 이 차를 다시 타게
해 주실 수 없을까요?"

"8시 10분까지 터미널로 오세요!"

"혹시 1~2분 늦으면…."

'아니 이게 무슨 헛소리래!'

동부 방앗간을 가는지 차부 방앗간을 가는지 내가 알 필요
도 없고 알고 싶지도 않았지만 질문의 요지는 '내가 혹시 늦

으면 올 때까지 조금만 기다려 달라!'는 것이었다. 조그마한 친절을 베푼 것이 젊은 친구에게는 버스 기사가 만만해 보였을 수도 있다는 생각이 들었다.

"이거 보세요! 버스를 타고 못 타고는 아저씨가 알아서 할 일입니다. 도대체 버스 기사에게 무슨 답을 듣고 싶어서 그런 말을 하는 겁니까? 어쨌거나 정각 8시 10분에 버스는 출발하니 오든지 말든지 알아서 하세요!"

잔뜩 볼멘소리로 젊은 놈에게 쏘아붙였다. 예전의 분노가 뇌 속에 각인되어 있었던지라 한마디 더 해야겠다는 생각이 들었다.

"연세 팔십 먹은 노인네나 하는 말씀을 어떻게 젊은 양반이 합니까? 당연히 버스는 시간표로 움직이지 개인의 사적인 스케줄에 맞추는 버스 봤어요! 젊은 양반이 경우가 없으시네!"

더 심한 말을 할 수도 있었으나 자칭 지성인이라 자부하는 내가 체면이 깎이는 것 같아 그 선에서 자제하기로 했다.

요즘 괴산 어디를 둘러봐도 울긋불긋 단풍이 보기 좋다. 작년같이 선명한 맛은 없지만 가을이 깊어가며 조금씩 조화를 이루어 그냥 봐줄 만하다. 봄에 피는 꽃들과 가을 단풍의 화려한 색채는 겉보기에 서로 어우러져 비슷해 보인다. 그러나 꽃은 새 생명을 잉태하여 자손을 퍼뜨리기 위한 창조의 몸짓이나 단풍은 스러져가는 생명이 혹독한 겨울을 견디고 살아남기 위한 몸부림이다.

가을이 깊어감에 녹색의 나뭇잎이 울긋불긋 단풍으로 물들어가듯 나이가 먹어감에 세월과 세속에 울끈불끈 내 마음이 물들어간다. 녹색으로 푸르름을 자랑하던 여유 있던 마음이 별로 내세울 것도 보잘것없는 자존심을 지키기 위하여 시골 노인들과 얼굴을 붉히는 자잘한 존재가 되어간다. 조금 더 세월이 깊어지면 그나마 남아 있던 알량한 마음조차도 낙엽처럼 땅에 떨어지려나.

2
오늘 하루도 무사히

괴산 시골버스는 지금 숫점말(솥점말)이라는 곳에 와 있다. 예전에 솥을 만들던 골짜기에 있던 마을이라 하여 '솥점마을'에서 '숫점말'로 됐다는 얘기가 있다. 참 예쁜 지명이다.

증평군에는 거북이가 앉아 있는 형상의 '좌구산座龜山'이라는 그리 높지 않은 산(657m)이 하나 있다. 그러나 청주나 증평 등 이 일대에서는 가장 높은 산으로 증평군에서 이 산을 휴양림으로 조성하여 군민들의 휴식처로 사용하고 있고 숫점말은 이 산 밑에 있는 마을이다.

괴산군 버스가 남의 동네인 증평까지 운행되는지에 대해

의아하게 생각하시는 분이 계시겠지만 증평군은 원래 괴산군 증평읍이었다. 그 이후 증평군으로 독립되어 떨어져 나왔지만 생활권이 괴산군과 겹치는 부분이 아직 많이 있다.

이 좌구산 정상에는 천문대가 있는데 일반인에게 별 보기 프로그램을 운영한다. 지금도 운영되는지는 확인하지 못하였으나 우리 작은놈 초등 3년 때쯤 아들과 같이 그 프로그램을 통하여 내 나이 쉰이 넘어서 여기서 처음으로 제대로 별을 보았다.

도시에서의 나는, 세상의 미래만을 보고 살았다. 회사 매출, 선물시장의 동향 등. 우리 회사가 앞으로 장사가 잘될 건지 우리가 매입할 물건값이 어떻게 변할 건지. 과거는 볼일이 없었다. 과거란 실패 사례만 끄집어내어 미래를 대비하는 수단으로밖에 쓰지 않았으니.

나는 우리 회사의 미래가 궁금했다. 그것이 곧 나의 미래라고 여겼기 때문이다. 그러나 별을 보는 순간 깨달았다. 이 세상은 과거만을 볼 수 있도록 만들어져 있다는 것을. 인간은 미래를 볼 수 있도록 창조되지 않았다. 인간은 아무리 발버둥 쳐도 자신의 앞을 한 치도 알 수가 없었다. 우주의 모든 물질이 빛의 속도를 추월할 수 없듯이 믿고 싶지 않지만 그것이 인간이 지닌 한계이다. 우리 미래는 가정을 전제로 한 추론과 희망일 뿐이다.

홀로코스트 희생자들은 자신의 미래를 알고 있었을까? 가스실에서의 죽음이 자신을 기다리고 있다는 것을. 신께 선택받았다던 유태인들은 자신의 선민사상이 틀렸다는 생각을 가스로 숨이 막혀 목숨이 끊어지는 순간까지도 못 했을 수도….

터미널에 버스가 도착하면 다음 날 사용할 연료를 가득 채우고 환전기를 분리하여 사무실에 보관시킨 후 퇴근하기 위하여 터미널 넓은 주차장을 나온다. 오늘 하루 무사히 운행을 끝낸 것에 감사하면서 머리를 들어 밤하늘을 쳐다본다. 그 무한한 검은 공간을 응시한다. 괴산 밤하늘은 유난히 더 검다. 머리 위로 별이 하나씩 보이기 시작하면서 은하수가 눈에 들어온다.

그 은하수 한쪽 구석에 처절하게 왜소한 내가 서 있다.

3

최고의 카타르시스

삼면이 바다로 둘러싸인 한반도에서 바다를 접하지 않은 지역을 꼽으면 충청북도가 유일하다. 그중 대한민국의 배꼽으로 불리는 괴산은 충북 가운데 위치하고 있어서 더욱이 바다하고는 관계가 거의 없다.

음식은 곧 경험이라 한다. 음식의 호불호는 경험이 있고 없고에 따라서 결정된다고 해도 과언이 아니다. 괴산 사람들은 바닷고기나 회 등을 자주 접할 기회가 없어서인지 생선회를 잘 먹지 않는다. 아니 좋아하지 않는다.

생선회를 유난히 좋아하는 나는 괴산에 귀농하여 제일 괴로웠던 것이 생선회 한번 먹으려면 청주나 충주 등 대도시로 원정 가야 한다는 사실이었다. 물론 괴산에도 횟집이 있다. 우스갯소리로 괴산 횟집 물고기는 수족관에 너무도 오랫동안 살아남아서 손님 얼굴을 알아본다고 했다.

수족관에 잡아다 넣어놓고 얼마나 굶겼는지 모르지만 물고기가 다이어트가 잘 되어서 기름은 하나도 없고 근육만 있어 회로 잡아놓으면 종이 씹는 맛이 났다. 그럴진대 괴산에 있는 횟집을 가겠는가?

괴산은 산으로 둘러싸여서 계곡이나 호수, 산에서 나는 수확물로 요리한 음식이 유명하다. 다슬기 해장국, 민물 매운탕, 버섯찌개 등. 그중 자연산 제철 버섯을 주재료로 하는 버섯 요리는 그야말로 일품 중의 일품요리로 생각만으로도 입맛을 다시게 만든다.

버스 기사들은 아침, 점심, 저녁을 거의 회사 구내식당에서 해결한다. 그런데 회사 구내식당의 메뉴는 특별한 날을 제외하고 항상 그날이 그날이다. 단조로운 메뉴에 싫증을 내는 버스 기사도 간혹 있지만 매일 먹어도 배탈 한번 난 적이 없고 집밥 같아서 편안하고 좋다. 배차된 버스가 하루 종일 터미널에 들어올 일이 없는 노선인 경우 외부 식당에서 밥을 사 먹는 경우가 있다.

운명의 그날도 청천 터미널에서 증평역까지 하루 종일 왕복하는 노선이었다. 청천 터미널 뒤에 버섯매운탕을 잘하는 음식점이 있어 점심을 맛있게 먹고 기분 좋게 청천 터미널을 출발하였다.

노선을 간략히 소개하면 '청천 터미널 출발–부흥리–질마재 고개–청안면소재지–한국교통대학교–증평공고 앞–증평우체국–증평역' 이렇게 되시겠다. 그날 위장 컨디션이 썩 좋지 않았지만 버섯매운탕이 많이 매워 보이지는 않아 국물까지 싹 비우고 길을 나섰는데. 부흥리쯤 오자 아랫배에 신호가 오기 시작했다. 참을 만했다. 질마재 고개를 넘으면서 좌우로 흔들리는 버스는 나의 위장을 좌우로 흔들더니 소장과 대장에 이어 직장마저 흔들고 있었다. 내장 근육은 사람의 의지나 뇌에서 지령하는 대로 움직이지 않는다. 내가 가만히 있으라고 해도 말을 듣지 않는 근육이란 뜻이다.

창자들이 내 의지와는 상관없이 내면에서는 구라파 전쟁을 시작했다. 질마재 고개에서 시작한 제1차 세계대전이 청안면을 지나면서 제2차 세계대전으로 확전하여 내 인내심을 시험하고 검은 눈동자를 갈색으로 변하게 만들고 있었다. 혹시 이러다가 바지에 불의의 사고라도. 교통대를 지나고 증평

공고를 통과하면서 예전 학창 시절 국민윤리 시간에 배운 인간의 필수적인 4가지 생물학적 욕구가 생각났다.

첫째, 성욕. 그럴 수 있다. 지구상 모든 생명체는 자신의 DNA를 후손에게 퍼트리는 임무를 수행하기 위하여 태어났으니까. 둘째, 식욕. 맞다, 안 먹으면 죽으니까. 셋째, 수면욕. 이것도 맞다. 사실 안 자도 죽는다. 넷째, 배설욕. 이건 좀 의아했다. 그냥 대충 싸면 됐지, 뭘 욕구까지 따지겠어? 그러나 지금 나는 죽을 지경이다. 아니 곧 죽겠다.

그때 윤리 선생님 말씀은 진리 자체였다. 증평우체국을 지나며 갈색으로 변했던 눈동자는 노란색으로 변하면서 온 세상이 노래졌다. 파란 하늘이 노랗게 변하는 기적을 경험하는 순간이었다.

내장 근육 중 유일하게도 맘대로근인 괄약근에 나의 모든 의지와 내공을 모아 쪼이면서 버스 엑셀을 밟고 있었다. 드디어 고지가 보이기 시작했다. 증평역에 도착과 동시에 버스는 역 광장 한가운데 내버려둔 채 역 화장실로 최대한 신속하게, 그러나 몸에 진동이 전달되지 않도록 은밀하게 이동하였다. 화장실로 이동 중에도 머릿속은 혹시 두 개밖에 없는 대변기가 하나는 고장이고 하나는 변비 환자가 사용하고 있을지도 모르는 머피의 법칙이 작동하지 않기를 바라면서.

항상 불안한 상상은 현실이 되어 내 앞에 나타난다. '머피가 그냥 머피겠어! 이유가 있으니 법칙을 만들었겠지! 이 죽일 놈의 머피 때문에 내가 죽는구나.'

순간 장애우 화장실이 눈에 들어왔다.

'인공 디스크도 허리에 끼웠지, 임플란트도 몇 개 박았는데. 그리고 정서적으로는 나도 장애인이니 괜찮아!' 자신을 정당화하면서 장애인 화장실 문을 닫았다. 그리고 인생에 몇 번 안 될 것 같은 최고의 카타르시스를 경험했다. 모든 일을 끝내고 홀가분한 기분으로 있는 내 입에서 독백처럼 하나의 문장이 흘러나왔다.

"그런데 왜 비데가 없지?"

옛말 하나도 틀린 게 없다.

'사람은 화장실 갈 때하고 화장실에서 나올 때하고 다르면 안 된다.'

4
잔액이 부족합니다

"잔액이 부족합니다." (기계음)

"어! 이상하다." 버스 요금 단말기에 연신 교통카드를 대던 초등학생이 하는 말이다. 단말기에는 잔액이 0원으로 찍혀 나온다.

"학생! 기계가 잔액이 없다고 그러는데."

읍내에서 엄마를 만나기로 하고 버스를 타고 나가는 길인데 버스카드에 충전된 돈이 없다. 그리고 엄마도 없으니 현금도 없단다.

"차비 없으면 버스 그냥 타고 가자! 응? 그리고 내일이고 모레고 돈 생기면 내! 알았지!"

울상이 되어버린 학생을 달래려고 해보지도 않은 인자한 인상을 짓느라 얼굴에 마비가 올 지경이었다.

'언제 내가 온화한 표정을 지어 보았을까?' 기억이 가물가물하였다.

비록 발연기지만 어린 학생은 시골 기사의 말대로 버스에 올랐고 버스는 읍내로 향했다. 버스터미널에 도착하여 한 무더기의 승객을 내려놓고 다음 행선지의 행선판으로 교체하고는 다음 노선으로 버스를 몰고 나갔다.

그날은 학교가 일찍 끝나는 토요일이어서 즐거운 마음으로 집으로 가고 있었다. 4차선 대로를 건너서 야구공 하나가 떼구루루 굴러왔다.

"야! 거기 공 좀 던져줄래!"

내 또래 되는 애들 서넛이 동네 골목에서 야구를 하다가 공을 반대편으로 보낸 것이다. 중학교 1학년치고는 덩치도 있었고 뭐 던지는 데는 자신도 있었다. 공을 집어 길 건너 반대편 애들 있는 곳으로 힘껏 던졌다.

'퍽.'

길 건너편 자그마한 개인병원 2층 유리창에 공이 맞았다.

'쨍그랑'이 아니고 '픽' 하는 소리가 났다. 그 소리와 함께 공주인들은 바람과 함께 사라지고 나 혼자만 닭 쫓던 개처럼 이러지도 저러지도 못하고 울상이 되었다.

'그래도 나는 그럴 수 없어!'

4차선 길을 건너 병원으로 향했다. 병원문을 열고 들어서니 간호사가 나에게 물어본다.

"어디 아파서 왔니?"

"그게 아니고 제가 유리창을 깼어요!"

"우리 유리창 깨진 거 없는데."

"2층이요!"

병원 2층 유리창은 두 겹으로 되어 있고 가운데가 진공 처리된 유리창이었다. 다행히 비어 있는 입원실로 창고처럼 쓰는 곳이었다. 요즘에야 흔해졌지만 40여 년 전에는 구경하기 힘든 상당한 고가의, 방음을 위하여 특수 제작된 두 겹 유리창이었다. 그래서 '쨍그랑'이 아닌 '픽' 소리가 난 것이었다.

자진 납세하러 들어온 중학교 1학년생을 모든 직원이 도망치지 못하게 포위하고 인질로 잡고 있었다. 그중 하얀 가운을 입은 중년 남자가 입을 열었다.

"너! 저게 얼만지 아니? 그 비싼 걸 깨고 도망을 치려고 해!

빨리 집에 전화헤서 유리창 값 갚으라고 해!"

지금 생각해 보면 참 불쌍한 어른이었다. 아마 그 병원 의사였던 것 같은데. '身分'은 '人格'과 '正比例'하지 않는다. 예전이나 지금이나 인간이 덜 된 놈들 정말 많다. 다행히 집에 계시던 어머니가 오셔서 유리창 값을 물어주고 인질은 풀려났다.

다른 노선을 한 바퀴 돌고 조금 전 노선을 다시 가려고 터미널 홈에 버스를 댔다.

"기사님! 너무 고마웠습니다. 이거 드세요!"

한 30대 후반으로 보이는 여자가 버스에 올라와 나에게 음료수 캔을 건넨다. 그리고 시골버스 기사가 무임으로 승차시켰던 초등학생의 버스 요금을 돈통에 넣었다.

시원한 음료수를 마시면서….

"하~ 시원~ 하다!"

5

정 주지 않으리라

　　　참 귀엽게 생기신 할머니다. 키가 150cm는 되시려나? 앙증맞은 배낭을 메고 이쁜 척 표정을 지으시면서 버스에 오르셨다.

"어디까지 가세요?"

"뭐?"

가는 귀가 잡수신 모양이다. 목소리 톤과 볼륨을 두 단계 더 올려서.

"어~ 디~ 에~ 내~ 리~ 세~ 요!"

"응! 장내."

'아하, 장내에 내리시는구나!'

그렇게 그 할머니와의 인연은 시작되었다. 시골버스 기사를 시작하고 한 달쯤 되었다. 환전하려고 사무실에 들렀는데 회사 관리 차장이 혼자 사무실을 지키고 있다가 나에게 말을 걸었다.

"한 기사님! 버스 기사 생활 할 만하세요? 아무래도 해 보시지 않던 일이라 어려우시죠? 이 업무가 단순해 보이지만 생각하셔야 할 부분도 있습니다. 냉정하게 말씀드리자면 운행 중에는 '나는 운전하는 로봇'이라 생각하시고 운전에만 신경 써 주세요! 그러면 기사 생활 무난하게 하실 수 있을 겁니다."

웃으면서 말은 하지만 나에게 전달하고자 하는 메시지가 있었는지 목소리에서 진중한 무게감이 느껴졌다. 이 버스회사에 입사 전 운전 테스트를 끝내고 피 말리는 일주일을 기다려 노선 수습의 기회를 얻었다. 수습을 하기 위하여 출근한 첫 날.

"일하실 수 있도록 잘 가르쳐 주십시오!"

나를 견습시키던 선배 기사에게 관리 차장이 한 말이다. 그래서 그런 것은 아니겠지만 선배 기사는 성심성의껏 나를 지도해 주었고 덕분에 무사히 견습을 마칠 수 있었다. 당시 시골버스는 보통 견습을 받다가 도중하차하는 예비 기사들이 허다했다고 하는데 주변인들의 배려로 지금의 시골버스 기사란 직업을 가질 수 있었다고 생각한다.

"이제 좀 적응이 되는 것 같습니다. 그리고 무슨 말씀인지 잘 알겠습니다."

"기사 양반, 안녕하시오!"

"네! 어르신! 안녕하십니까?"

"오늘은 뭐 하시다 오세요?"

"친구랑 화투 치다."

"고스톱? 민화투? 육백?"

"그딴 거는 안 해!"

'아니, 이 노인네들이 점당 1만 원짜리 '섰다'로 도박 같은 걸 하시나.' 이런 생각을 하고 있는데.

"그림 맞추기."

'그러면 그렇지! 90이 넘은 노인들이 화투는….' 머리가 하얀 할머니 서너 분이 화투장으로 그림 맞추기 하면서 둘러앉아 계시는 상상을 하니 혼자서 빙그레 웃음이 지어졌다. 아직은 초년병 예비 기사이니 배차가 매일 바뀌는 것이 약간의 부담이 되는 것도 사실이었다. 아무래도 노선이 바뀌면 승강장 위치며 과속 방지턱 등 낯선 지형지물을 익히느라 신경이 쓰였다. 지금에야 그 노선의 단골 승객들을 꿰뚫고 있지만 그 당시에는 고정적으로 타고 내리는 승객도 잘 알지 못하는 처지여서 그 할머니가 초년병 버스 기사에게는 정이 가는 유일한 단골 승객이었다. 할머니에게는 얼굴이 익은 기사이다 보니 아무래도 버스 안이 편하신 모양이다. 가끔 자리 이동도 하시는 것을 몇 번 보기는 했는데 민망하실까 봐 크게 뭐라 하지 않았다.

그렇게 버스 기사가 모른 척하고 이야기를 안 한 것이 화근이었다. 그날따라 증평 읍내에 차가 많이 막혀 시간을 지체한 터라 부지런히 목적지를 향해 가고 있었고 할머니가 하차하실 정류장인 장내를 가려면 앞으로도 한참을 더 가야 하는데. 버스 승강장에 승객 두 분을 하차시키고 뒷문을 닫은 후 버스를 출발시켰다. 뒤에서 '어이쿠' 소리에 룸미러로 버스 안을 보니 그 할머니가 버스 통로에 털썩 주저앉아 계신 것이 아닌가.

"할머니 왜 거기 앉아 계세요?"

"일어날 수가 없어!"

승강장에 정차한 후 출발하는 버스에서 앞자리로 오시려

다 넘어지신 거다. 버스를 길 옆에 정차한 후 할머니를 부축하여 자리에 앉혀드렸는데 앉아 계시던 버스 통로 바닥이 흥건하게 당신의 소변으로 젖어 있었다. 다리에 감각이 없으시다고.

정신이 멍해지면서 가슴이 답답해 왔다. 우선 119에 전화하여 위치 및 환자 상태를 설명한 후 출동 요청을 하였고 사무실에 전화하여 상황을 보고하였다. 그날 나머지 운행을 어떻게 마무리하였는지 지금도 기억이 가물가물하다.

그날 밤 운행을 마치고 퇴근하였지만 생전 처음 겪는 경험에 가슴이 두근거리며 몸에서는 경련이 날 지경이었다. 하얗게 밤을 세웠다. 다행스러운 것은 다음날이 비번이어서 출근에 부담이 없었지만 사무실 직원들의 출근 시간대에 맞추어 버스 사무실로 향했다.

"오늘 쉬시는 날인데 출근하셨네요! 굳이 안 나오셔도 되는데. 어제 일이 걱정되어서 나오셨죠? 아침에 CCTV 확인했구요, 상황 대처는 잘하셨습니다. 벌써 아들이란 분이 보험 접수 해 달라는 전화가 와서 우리 회사가 할 수 있는 모든 조치도 진행했으니 많은 걱정 안 하셔도 될 것 같습니다."

그런 말을 들으니 마음이 복잡해졌다. 미안하고 고맙고 안

타깝기도 했나.

"제가 병원에 한 번 가 봐야 하지 않을까요?"

"가시는 것은 한 기사님 자유인데 굳이 가시면 할머니 자식들에게 버스 기사의 실수로 발생한 사고를 합의하러 왔다는 잘못된 판단을 줄 우려가 있으니 잘 생각해 보시는 것이 좋을 것 같습니다."

버스공제조합에 그 할머니의 병원 진단비 명목으로만 약 2,000만 원이 청구되었고 치료비 지급은 지금도 진행 중이라고 한다. 그 사건이 있은 후 한 달쯤 지나 소식을 듣게 되었다. 가슴이 아려왔다. 노모의 사고가 자식에게 목돈을 만지는 계기가 되는 것이 아니길 마음속으로 빌었다. 도의적 책임감에 병원을 방문하려던 생각도 접었다.

그 후 회사에서도 배려하는 차원인지는 모르나 거의 2개월 동안 나를 그 노선에는 배차하지 않았다.

가수 김승덕의 노랫말이 입에서 맴돈다. '정 주지 않으리라.' 사랑보다 깊은 정은 두 번 다시 주지 않으리.

LA타임스와의 인터뷰

터미널 구내식당에서 이른 저녁을 먹고 있는데 휴대폰에 모르는 번호가 떴다. 보통 이런 전화는 받아 보면…. 거의 나에게는 영양가 없이 시간을 축내는 전화가 대부분이다. 그러나 전화로 영업하는 사람이 이 전화 통화를 하려고 망설였던 맘을 헤아려 내가 부득이한 경우가 아니면 받아 본다.

더욱이 귀농 전 시도 때도 없이 울리던 전화벨이 귀농 후 뜸해져서 '나도 잊힌 사람이 되는가' 하는 쓸데없는 걱정을 했던 적이 있었다. 나에게 전화 준 사람의 성의를 생각해서 감사한 마음으로 전화를 받았다.

"한○○ 기사님 되십니까? LA타임스 ○○○○기자입니다. 잠깐 통화 괜찮으신가요?"

'아니, 외국 신문기자가 나에게 무슨 용건이지?'

식사 중이라 잠시 후에 전화드리겠다 하고 전화를 끊었다. '땅~' 하고 메시지가 들어와 확인하니 기자 명함이 보였다. 식사를 마치고 전화를 걸었다. 한국 사람이다.

'어쩐지 뭐라 얘기하는지 다 알아듣겠더라.'

한국에서 고등학교까지 마치고 미국 대학을 나와 LA타임스 본사에서 일하다가 얼마 전 서울 지국장으로 발령이 나 현재는 서울에 있다고 했다.

'사회가 점진적으로 도시화 되면서 진행되는 지방 도시의 인구 감소를 주제로 심층기사를 쓰려고 한다'고 했다. '그중 충북 괴산이 인구 감소로 없어질 지방 소도시 순위 5위권에 들었다는 통계를 보았는데 시골버스 기사가 브런치에 노인들 이야기를 쓴 것을 보고 버스 기사를 취재하면 현실적인 기사가 될 것이라는 생각에 전화했다'고 하였고 버스를 타고 동행하며 취재할 수 있도록 배려를 해달라는 정중한 요청이었다. 그래서 좋다고 했다. 며칠 후 첫차 운행을 시작하려고 목도, 음성 방향 터미널 홈에 버스를 대고 있었다.

"한 기사님 되십니까?"

서글서글한 눈매(마스크를 써서 눈만 보임)에 검은 배낭 하나를 들쳐 메고 한 손에 에코백을 다른 손은 조그마한 카메라를 들었다. 보통 기자가 들고 다니는 카메라는 영화감독의 메가폰 같은 것이 앞에 달려 있었지만 이 양반의 것은 기자의 카메라 렌즈 치고는 작아서 앙증맞아 보였다.

"네! 어서 오세요! 운행 시간 되었으니 가면서 말씀 나누시죠!"

"기사님! 사진 찍어도 될까요!"

"네! 그렇게 하세요! 제 얼굴 보고 떼 먹힌 돈 받으러 올 사람 없으니."

분위기 전환용으로 아재 개그를 한 토막 했다.

"그 신문은 교포들이 많이 봅니까?"

"영자신문이고요, 교포보다는 현지인들이 많이 봅니다."

나중에 확인하였지만 뉴욕타임스나 워싱턴포스트처럼 미국 메이저급 신문사 중 하나였는데 그쪽에 문외한인 필자는 LA 지역 교포사회에서 발행되는 교차로 정도의 신문으로 알았다.

"지구상에 어디 있는지 알지도 못하는 대한민국 괴산 얘기가 관심이 있겠습니까?"

"그럼요! 의외로 그런 일에 재미있어해요!"

"말이 지국장이지 서울에 저 혼자입니다. 그래서 카메라 기자가 오지 못했고요! 제가 버스에 타시는 분들 인터뷰해도 되나요!"

"네! 그렇게 하셔도 됩니다!"

버스 안에서 일어나는 노인들의 에피소드나 승객들의 구성, 시골버스 노선 등에 관하여 시골 버스 기사에게 물어보았고 노인들이 승차하면 예전과 현재의 마을 인구 변동상황 등을 취재했다. 귀가 안 들리는 노인들과 말귀를 못 알아들어 동문서답을 하는 노인들로 취재가 원활하지는 않았다.

"기자님! 원하시는 대답을 듣고 싶으시면 적당한 인내심을 가지셔야 할 겁니다."

"저도 그렇게 느끼고 있어요!"

도무지 대화가 안 되는 상황에서도 노인들에게도 표정 구김 없이 친절하게 설명하고 또 설명하고 참으로 성실하게 인터뷰를 마쳤다. 마지막으로 노인들의 이름을 묻는데 한결같이 잘 말씀을 안 하신다.

"기자님! 그냥 대충 쓰시면 안 되나요? 할머니는 뭐! 김말

년, 할아버지는 김금동 이렇게!"

"기자는 사실만 써야 한다고 배웠습니다!"

얼굴이 화끈거렸다. 공손한 말투, 바른 인사성, 상대방을 배려하는 행동까지 젊은 기자가 썩 괜찮아 보였다. 점심을 올갱이해장국으로 먹었다.

"처음 먹어보는데 정말 맛있어요!"

손님 대접 차원에서 음식값을 지불하려고 했으나 회사 취재 경비로 써야 한다고 했다.

"LA면 미 서부 지역인데 대학도 그쪽에서 나왔습니까?"

"아니에요! 학교는 동부에 있는 대학에서 역사를 공부했습니다."

"동부에 있는 학교 어디요?"

"하버드."

그 기자에게 부탁할 일이 생겨서 메시지를 보냈는데 뉴욕타임스로 이직했다고 하였다. 제대로 된 사회는 인재를 알아보는 법이다. 대한민국 시골의 털털거리는 버스 안에서 말귀가 통하지 않는 어르신들과 인터뷰하면서 팩트 아니면 기사화하지 않겠다는 기자 정신을 미국 사회는 인정한 것이다.

럭비공같이 어디로 튈지 몰라 미래를 예측하기 어려운 트

럼프 같은 인물을 대통령으로 앉혀놓아도 미국이 제대로 굴러갔던 것은 제대로 된 기자와 언론이 있어서 가능한 것이란 생각이 든다. 결코 올갱이해장국을 얻어먹어서 그런 생각이 든 것은 아니다.

VI

여자!
또 하나의 다른 이름,
어머니

1
사기 결혼의 피해자들

　　괴산 할머니들은 거의 사기 결혼의 피해자다. 시골버스 기사가 2년 반 동안 버스를 타고 다니는 할머니들과 인터뷰해본 결과이다. 그 누가 괴산같이 산으로만 둘러싸인 첩첩산중 재미없는 동네로 시집을 오고 싶어 하겠는가?

　"어르신은 고향이 어디세요?"

　"옥천!"

　"아이고 옥천이면 괴산보다 더 나을 것도 없는데."

　"그래도 괴산 같은 깡촌은 아니유!"

　"근데 왜 이리로 시집오셨어요?"

　"중매쟁이가 근동에 소문난 부자라고 해서."

"시집와서 보시니 신랑이 정말 부자이던가요?"

"부자는 개뿔 삼시세끼 끼닛거리도 없더구먼. 내가 이날 이때까지 자식 새끼 낳아주고 같이 살아준 걸 고맙게 생각해야 하는데 그놈의 영감탱이가 먼저 죽어버려서."

"그러면 사기당하신 거네요! 사기 결혼!"

"뭐! 사기는 아니고. 호호호."

'사기'라는 단어는 조금 껄끄러우신 모양이다. 괴산에 살고 있는 할머니 대부분은 외지에서 시집오신 분들이다. 가끔 괴산이 고향인 분들이 마을만 달리하여 시집오신 경우가 있는데 그런 경우는 집안의 오빠가 다리를 놓아서 결혼이 성사된 경우가 많다. 삼촌이나 고모 등 집안 친척이 아니라 꼭 오빠가 다리를 놓았다. 이유는 모르겠다.

그리고 집안 오빠는 이미 돌아가셔서 저 세상 사람이니 욕해도 소용없는 걸 당신들이 더 잘 알고 계신다. 지구상의 모든 여성이 그렇지는 않겠지만 많은 여성은 백마 탄 왕자가 본인을 신부로 모셔가는 꿈을 꾸는지 모른다. 그러나 백마 탄 왕자가 평민하고 결혼했다는 소리를 나는 듣지 못했다. 왕자는 당연히 공주랑 결혼한다. 그것도 마법에 걸린 미모의 공주와.

그러면 재벌가 아들과 결혼한 신부는 행복한가? 그것도 자세히 들여다보면 사기 결혼이다. 몸뚱이만 결혼했을 뿐 신랑 신부의 마음은 콩밭에 가 있는 경우가 많다. 이제 중년이 된 재벌가의 상속자들은 정략적으로 맺어진 인연을 끊고 새로운 사랑을 좇아서 떠나고자 한다. 재벌가의 세기적 이혼 소송이 매스컴에 오르내리는 것을 보면 알 수 있다.

나도 아내에게 사기를 쳤다. 아내는 내가 평생 도시남으로 살 줄 알고 결혼했는데 괴산 산골까지 아내를 끌고 내려왔으니 내 입이 광주리만 해도 할 말이 없다. 그러나 결혼 전에는 앙칼진 고양이 정도로만 여겨져서 이쁘고 귀엽기만 하던 아내가 요즘은 으르렁거리는 시베리아 호랑이로 바뀌었다. 혹시 고양이 탈을 쓴 호랑이였나? 나는 그런 아내가 무섭다. 나의 아내가 그런 내 마음을 알아주기를.

세계 뉴스를 보면 지구상 여성 중 종교적이든, 그들의 전통이든 핍박받고 고통받는 여성들의 이야기가 전해진다. 아프가니스탄 수도 카불을 탈레반 세력이 점령하였다고 전해진다. 그곳의 여성들이 앞으로 고통 속에서 살아갈 것이라는 암울한 뉴스가 전해진다.

나는 종교나 전통 따위가 인권보다 위에 있다고 생각하지 않는다. 특히 우리의 누이요 어머니인 여성에게 여성이란 이유 하나로 차별하는 인간들은 지구상에서 축출되는 것이 마땅하다고 본다.

밥 말리의 '노 우먼 노 크라이No Woman, No Cry'를 전 세계 여성과 괴산에 살고 있는 모든 여성에게 불러드리고 싶다. 특히 아내에게.

② 사기꾼 할머니

청천면에 삼송리란 마을이 있다. 새벽 첫차가 삼송리를 거쳐 나오면 입구에서 보자기로 싼 보따리 하나와 철제 캐리어를 들고 청천 터미널을 거쳐 미원으로 가시는 할머니가 한 분 계신다. 이분이 새벽에 버스를 갈아타는 횟수를 세어보면 시골버스 기사가 아는 것만 다섯 번이다.

삼송리 입구–송면–청천 터미널–미원–청주 어딘가. 이 양반 비가 오나 눈이 오나 1년 내내 빠지시는 날이 별로 없다. 공식 직업은 비즈니스 우먼이고 세일 품목은 산양삼이다. 성격도 화끈하셔서 기사들에게 말린 산양삼을 한 움큼씩 주시면서 "운전하다 졸릴 때 씹으면 좋아!" 이렇게 말씀하신다. 괴산 버스 기사들은 이 할머니가 승차 시 갖고 계시는 짐들을 고려하여 뒷문으로 승차하시게 하는 배려도 잊지 않는다.

그런데 이 할머니 가는 귀가 잡수신 모양인데. 버스에서 지인이라도 만나시면 동네방네 다 들리도록 큰소리로 대화하시는 통에 버스 안이 소란스럽다. 그러다 보니 기사와의 대화가 원활치 않아 소통이 잘 안 될 때가 있다. 혹시 의도적이 아니신지? 의심될 때도.

"안녕하슈."

"네!"

"처음 본 기사네!"

"네! 여기 온 지 얼마 안 됐습니다. 어르신도 버스 타고 다니신 지 얼마 안 되셨나 보네요! 제가 기억에 없는 거 보니."

시골버스 기사도 기죽기 싫어서 괜히 한번 깐족거려 봤다.

"이거나 잡숴봐! 내가 농사지은 산양삼이야!"

기사에게 비닐봉지 하나를 내미셨다. 마른 삼을 입에 넣고 씹으니 삼 향이 입안을 가득 채우는 것이 왠지 모르게 건강해지는 것도 같고.

'아차 그런데 이런 거 받아먹어도 되나? 이거 비싼 거 아닌가? 혹시 김영란법에 걸리나? 시골버스 기사 주제에 나도 참

걸맞지 않은 걱성을 하면서 시골 노인이 주신 친절의 향을 음미하며 혼자서 흐뭇한 미소를 지었다.

'이런 맛에 시골버스 기사를 하는가보구나!'

귀농하기 전 아내가 요리해주는 버섯을 먹었다. 버섯 이름이나 종류는 전혀 내 알 바가 아니었다. 아니 얘기해 주어도 바로 잊어먹고 관심도 없었다. 그러던 인간이 농부가 되어 표고버섯을 재배한다고 했으니 참. 내가 표고버섯 농사를 짓고 난 후부터 표고버섯과 느타리, 팽이, 새송이 등 버섯 종류를 알게 된 것이다. 그전에는 소위 까막눈이어서 뭐가 뭔지를 몰랐다.

지금도 농촌에서만 생활할 따름이지 집 밖에 피어 있는 온갖 생명체의 정체를 모르고 산다. 아내의 특명으로 집 마당을 정리할라치면 아내가 힘들여 심은 꽃이며 작물들이 모두 내 예초기 앞에서 힘없이 쓰러져 갔다. 외출 후 돌아온 아내는 나에게 부드러운 목소리로 이렇게 묻곤 했다. "여보 잡초하고 꽃나무하고 구별이 안 가?"

할머니에게 받은 산양삼을 아껴서 남겨놓았다가 터미널

에서 선배 기사에게 내밀면서 권하였다.

"그 사기꾼 할머니! 신입 기사 들어오면 항상 한 줌씩 줘! 나도 예전에 받아먹었어! 한 기사 많이 먹어! 그리고 한 기사! 산양삼하고 파삼하고 구별 안 가? 하! 하! 하!"

선배 기사는 호쾌한 웃음으로 마무리를 지었다. 인삼을 수확하는 때면 인삼공사 관계자가 밭에 파견 나와 수확 과정을 일일이 감독한다. 트랙터로 밭을 갈아엎어서 하얀 인삼들이 부끄러운 나신을 밭둑 위로 드러내 놓으면 함께 와 있던 일꾼들이 상품 가치가 있는 모든 인삼을 수거하여 중량을 확인한 후 인삼공사 가공공장으로 모두 싣고 떠난다. 그 후 밭 주인이 다시 밭을 훑으면서 파손되거나 발견하지 못해서 못 가져간 인삼을 이삭 줍기하여 본인 집에 가져간다.

보통 이 과정이 모두 끝나고 수확이 마무리된 인삼밭은 동네 이웃이나 나물 캐러 다니던 할머니들의 차지가 된다. 쓸만한 인삼은 모두 거두어가고 남겨진 인삼의 잔뿌리, 수확 도중 기계로 인해 파손된 부스러기 등을 온 밭을 뒤져 모아서 집으로 가져간다. 이것을 파삼이라고 한다.

할머니는 곱디고왔던 손이 갈고리처럼 변하도록 인삼밭을 헤집고 다니며 파삼을 주워 모아 사기꾼 소리를 들어가며 자식들을 키웠다.

"임자! 벌어놓은 돈도 있을 텐데 이제 장사 그만해도 되 잖아?"

"아냐 다 썼어! 애들 다 줬어! 나 쓸 거 벌어야지!"

"큰아들은 뭐 하는데?"

"공무원 하다가 작년에 정년퇴직했어! 연금 받는데 얼마 안 된데."

"임자도 요번에 쪼끔 올랐지?"

"뭐가?"

"나라에서 주는 돈, 노령연금이라고. 면에서 통장하고 카 드 만들라고 안 했어?"

"응 그거! 아들하고 만들러 갔는데 큰아들이 다 가지고 갔어!"

버스에 타고 계시던 두 노인의 대화를 자신도 모르게 듣고 있던 시골버스 기사는 순간 입에서 본인도 모르게 험악한 말 이 흘러나왔다.

"죽일 놈!"

할머니 귀가 안 들리시는 것이 다행이다.

3
치매

  치매는 기억하고 사고할 수 있는 능력이 장기적으로 점차 감퇴하여 일상적인 생활에 영향을 줄 정도에 이르게 된 넓은 범위의 뇌 손상을 의미하며 인지기능의 손상 및 인격의 변화가 발생하는 질환이다. 치매란 단어를 검색해보면 위와 같은 내용으로 기술하고 있다.

  인간이 만물의 영장이라고 자랑스럽게 이야기할 수 있도록 가능하게 만들어준 것은 기억이다. 기억은 자신의 경험을 기록하며 그것을 토대로 미래를 예측하고 앞으로 도래할 상황에 대비할 수 있도록 만든 힘이었다.

  선사시대에는 그림을 암벽에 새겨서, 역사시대에는 문자

로 선조가 경험하고 습득한 지식을 후손에게 전수했다. 현대 문명과 지식은 인간 각 개인의 기억을 기록하고 이것을 누적시킨 결과다. 인간의 기억은 과거를 인식하고 현재를 통하여 미래를 예측하도록 함으로써 시간을 과거, 현재, 미래의 방향으로 흘러가게 만들었다. 아름답고 아련한 과거의 추억은 고단한 현재 삶을 미소 짓게 만들며 희망찬 미래를 꿈꾸게 한다.

그러나 현대 물리학자들의 이론에 의하면 시간이란 강물처럼 연속적으로 흐르는 것이 아니라 우주 공간에 단면으로 존재한다고 했다. 우주 공간에 모래알처럼 흩뿌려진 과거의 시간이 오롯이 나의 기억에 의지해 내 삶을 구성하고 있다고 생각하면 섬뜩한 생각마저 든다. 그 연약한 기억력이 제 구실을 못 하는 날, 나는 우주 미아처럼 검은 공간을 헤맬 것이다. 순간적인 기억상실증이 아닌 점진적으로 기억을 잃어가는 치매라면.

진정 나의 실체를 부정하는 일이 나에게 일어난다면. 내가 누구인지? 내가 과거에 어떻게 살아왔는지? 지금 내가 무엇을 하려 했는지? 칠흑 같은 어둠만이 내 기억을 차지하고 있다고 생각해보라!

그날 배차는 원점회귀 노선이어서 괴산에서 출발한 버스가 주변 마을을 한 바퀴 돌고 다시 괴산 터미널로 들어오는 노선으로 하루에 총 여섯 번을 왕복하는 그런 노선이었다.

"나 내려야 하는데."

팔순은 되어 보이는 할머니 한 분이 갑자기 버스를 세웠다.

"어르신 여기 마을도 없는데 여기 내리실 거예요?"

나는 버스 문을 열어 드렸다. 버스 계단을 반쯤 내려섰는데.

"(버스에 타고 있던 아주머니 한 분이) 저 할머니 여기가 아닌 거 같은데."

"어르신 여기 내리시는 것 맞아요?" 가부 대꾸가 없었다.

"다시 올라오세요!"

그 할머니는 아무 말 없이 다시 버스로 올라와 자리에 앉으셨다. 그 아주머니에게 "할머니 댁이 어딘지 아세요?"라고 물었다.

"저 앞산 돌아서서 있는 첫 번째 마을이 저 양반 사는 마을인데 여기서 내리려고 하시네."

그 마을에 도착하여 할머니를 내려드리고 다시 괴산 터미널로 돌아왔다. 오후 운행 시간이 되어 종전과 동일한 노선으로 버스를 운행하여 할머니가 내리시던 마을 승강장을 지나는데 그 할머니가 버스를 기다리는 것이 보였다.

"어르신 읍내 가시려고요?"

버스 안은 나와 할머니 둘만 있었다.

"아까 수도꼭지를 사 왔는데 안 맞아서 다시 바꾸러 가유!"

"오전에 왜 거기서 내리려고 그러셨어요?"

"나도 몰라요! 왜 그랬는지!"

정신이 돌아오신 것 같아서 할머니 기분 상하지 않도록 조심스럽게 대화하였다. 고향은 충북 진천이라 하셨다. 꽃다운 나이 19세에 시집와서 영감은 나이 마흔도 안 돼서 저 세상으로 가고 자식들과 먹고사느라 허리가 휘고 손이 발이 되도록 일하여 아들 둘에 딸 둘, 이렇게 넷을 키웠단다. 10년 전쯤 작은아들은 사고로 죽고 큰아들은 젊어서 중동에 돈 벌러 갔는데 한국에는 1년에 한 번은 오더니 2년 전에는 며느리마저 같이 가서 요즘은 전화 연락도 자주 안 한다고.

'코로나 때문에 못 온다'고 전화 온 지도 1년이 넘었다고 하였다. 딸년들은 코빼기 본 지 수년째고 코로나 때문에 마을 회관도 문 닫아 하루종일 말할 사람이 없다고 하신다. 1년 전부터 우울증 약을 먹었는데 가끔 정신이 멍할 때가 있다고 했다. 당신 본인도 치매를 걱정하시는 눈치였다.

"어르신 부끄러워 마시고 내일이라도 당장 병원에 가서 치매 검사받아 보시고요. 주소하고 이름 쓴 목걸이 하나 만들어서 갖고 다니시다가 버스에서 어디에 내리시는지 생각이 안 나시면 기사한테 보여주세요."

어르신 흰자위가 벌겋게 상기되면서 눈가에 그렁그렁 눈물이 맺히는 것이 보였다. 나는 혼자 사시는 분이 생필품이라도 사러 읍내에 버스 타고 나오셨다가 요즘 같은 영하의 날씨에 집을 못 찾으실까 봐 주제넘은 걱정도 하였다.

미안허유

"아이구 미안허유! 내 청주 가는 차를 타야 하는데 잘못 눌렀어유! 담에 내릴 거예유! 기사 양반 미안허유!"

"어르신 괜찮습니다. 미안하긴요? 제가 승강장마다 당연히 정차해야 하는데 내리는 분도 타는 분도 없으니 그냥 통과하려고 했던 거죠!"

증평우체국 바로 전 승강장을 지나치는데 벨소리가 울려 정차했더니 혼자 타고 계시던 할머니 한 분이 시골버스 기사에게 하시는 말씀이다. 도로에 방지턱이 있어서 서행으로 운행 중이어서 바로 정차가 가능했다.

아침 첫차 승객이다. 오랜만에 들어보는 미안하다는 말씀이다. 버스 기사 생활 중 본인의 잘못을 인정하는 발언을 들어본 지가 오래여서 신선한 충격이었다. 또 크게 잘못하신 것도 아닌데 사과하시는 것을 보니 내가 오히려 미안했다.

"어르신이 미안하다는 말씀 하신 것 오랜만에 들어보네요! 연세 드시면 내 잘못 인정하기가 쉽지 않은데."

"연세는 쥐뿔. 고집이 세어져서 그려! 나이 먹으면 다 죽어야 해."

"어르신! 무슨 그런 험악한 말씀을. 어쨌거나 조심히 들어가십시오!"

노인의 몸 상태나 외모는 그 노인의 과거를 말해준다. 농사를 천직으로 알고 살아오신 분들은 허리가 꼿꼿한 분이 거의 없다. 버스 기사로서 지금까지 경험한 바에 의하면 거의 그렇다. 지금 이분도 예외는 아닐 것이다. 구부러진 허리, 어눌한 말투, 거친 손과 굵은 손가락 마디들. 평생을 논과 밭에서 흙 만지며 낮 동안의 힘겨운 노동으로 수많은 고통의 밤을 보내신 분이다.

고등교육을 받고 갖은 교양을 떨며 판결문 몇 줄과 연설문 몇 마디로 사람을 고통스럽고 열불 받게 하던 그런 사람들하고는 다른 세상을 살아오신 분이다. 이분의 '미안하다'는 말은 '내가 잘못했다'는 의미보다 상대방에 대하어 혹시 모를 해를 가정하여 하시는 배려의 말이다. 아무리 마음속에 응어리진 일도 '미안하다'는 말 한마디에 사르르 녹을 때가 많다.

지금껏 나는 높은 위치에 있던 분들이 수많은 잘못을 저지르고도 국민에게 미안하다는 말 한마디 하는 것을 듣지 못했다. 세상이 나를 중심으로 돌아가는 천동설의 신봉자들에게 무엇을 바라겠는가? 사람의 가치는 그 사람 마음 씀씀이에 있는 것이 맞다.

효도 전화

내가 근무하는 회사에는 여러 가지 경력을 소유한 동료 기사님들이 근무하신다. 그중 대도시에서 시내버스를 하셨거나 시외버스를 운행하시던 분들도 계신다. 이분들은 공통적으로 이렇게 말씀하시곤 한다. '괴산 버스는 회차가 왜 이렇게 많은지 모르겠다. 버스는 후진을 안 하는 건데.'

괴산 시골버스 노선은 주된 경유지가 산골 마을이다. 마을 구석구석 다니며 노인정이나 마을회관 앞 등 공터에서 버스를 회차하여 다시 큰길로 나온다. 마을 공터 크기가 버스를 한 번에 돌릴 만한 크기이면 좋으련만 그렇지 않은 곳이 거의 절반이니 버스 회차를 위한 후진은 기본이 되었다. 더구나 공

휴일이나 농번기가 되면 부모님을 찾아뵙는 도시 거주 자녀들의 주차장도 마을 공터나 마을회관 앞이다. 사정이 이러하니 시골버스 한 번 해보겠다고 며칠 견습 받다가 연락도 없이 사라진 견습 기사가 한둘이 아니다.

버스 기사는 주어진 배차시간에 맞추어 운행한다. 그런데 그 시간이 고무줄이다. 그 고무줄의 길이는 특별한 사정이 없는 한 노인 승객이 좌우한다. 먼저 깨 자루, 콩 자루, 사료 가게 사장님 손에 들린 개 사료(참고로 이 짐들이 버스에서 내려갈 때는 오롯이 버스 기사 몫이 된다) 등이 버스에 올라온다. 그리고 짚고 계시던 지팡이가 버스 안으로 던져지고 뒤이어 본인 당신이 '영차, 영차' 기합 소리와 함께 올라오신 후 그제야 당신 온몸을 뒤져 버스요금을 찾는다. 버스요금을 돈통에 넣고 나면 버스 안에 미리 타고 계시던 지인과 그동안의 안부 교환 및 인사가 나누어진다. 여기에는 자식들 안부 및 올해 농사 수확량 등이 일정한 레퍼토리로 보고 되며 힘들어서 내년부터 다시는 농사 안 짓겠다는 다짐으로 마무리된다.

그리고는 버스 안 좌석 중 벨 위치가 가깝고 외부 경치가 가장 잘 보이며 버스에서 내리기에 가장 좋은 자리를 찾아서 버스 안을 방랑한 후 드디어 자리에 착석한다. 이 기나긴 여정을 기다리지 못하는 성질 급한 기사는 급기야 테너 파트 성악가 성량으로 노인분들에게 아주 정중하게(?) 빨리 앉으시라는 육성 방송을 한다. 여기에 작용하는 아주 중요한 요소는 버스 기사의 단어 선택에 있는데 친한 사람들끼리 주로 사용하는 언어를 선택해 민원을 발생시키기도 한다.

상황이 이럴진대 버스 시간이 고무줄이 아닌 것이 오히려 더 이상하지 않은가? 노인들의 시간은 물리학 법칙에 오히려 더 충실해서 본인들 주관에 기인한다. 버스를 타러 매일 나오는 시간보다 조금 일찍 버스 승강장에 나온 날은 버스가 늦게 온 것이고 집에서 일 보다가 평소보다 승강장에 늦게 나온 날은 버스가 비행기처럼 날아서 온 것이다. 또 날씨에 따라서도 시간의 흐름이 달라 많이 춥거나 더운 날은 10분을 기다렸어도 버스 기사에게는 한 시간 기다렸다고 역정을 내신다. 버스 기사 초년병 때는 일일이 논리적 설명을 곁들여 이해시켜 드리고자 노력했으나 얼마 지나지 않아서 전부 부질없는 일이란 걸 알아차렸다.

"오늘따라 왜 이리 버스가 늦게 와요?"

"할머니 혼자 사시죠?"

"그걸 어떻게 알았데."

"오늘은 왜 이리도 버스가 빨리 왔누?"

"할아버지도 혼자 사시죠?"

"그런 걸 어떻게 알았데. 기사 양반이 관상도 보나?"

"어르신들! 요즘 아들딸들 집에 안 오죠? 전화도 안 하고."

할머니, 할아버지 두 분 모두 묵묵부답. 버스가 시간을 못 지킨 것이 아니라 말 상대가 그리운 거다. 칼날이 달린 버스 기사의 말은 듣는 이의 마음을 찌른다. 기사에게 말을 건네고 싶은데 화제가 하필 버스 시간이다.

"오늘따라 기사 양반 멋있어 보이네. 뭔 좋은 일이 계신 가?" 이러시면 얼마나 좋을까?

오늘 나는 모처럼 도시에 살고 계시는 어머니에게 전화 한 통 했다.

6

"어른 하나, 학생 하나요!"

오늘은 읍내에 있는 괴산고등학교가 방학하는 날이다. 어떻게 알았느냐고? 어젯밤 아들놈에게 들었다. 아주 기쁜 목소리의.

괴산고등학교 3학년 아들놈. 고3을 둔 가정이라면 집에서는 숨소리도 크게 내어서도 안 되고 발걸음도 발뒤꿈치를 들고 걸어 다녀야 한다고 하더구먼. 우리 집은 아빠만 그렇게 느끼는 것인지 집에 있는 고3의 존재를 가끔 잊어버릴 때가 있다. 한편으로는 조바심 내지 않는 녀석이 대견해 보이기도 하고 한편으로는 너무 느긋한 아들이 불안해 보이기도.

오전에 한 친구가 버스에 승차하였다. 여학생이었는데 자기 몸집만 한 여행용 가방과 배낭, 그리고 여름용 홑이불 비닐팩까지. 척 보고도 기숙사에서 퇴사한다고 느낄 만한 증거품을 한 아름 안고 버스에 올랐다.

"학생 들어 드릴까?" 낑낑거리면서 타는 것이 안 돼 보였다.

"…."

기사 아저씨 말은 귓등으로 듣는지 미안해서 그랬는지 대꾸도 없이 씩씩하게 버스에 올라 요금 카드를 단말기에 대고 있는 것이 아닌가!

'허! 녀석 참!

아직 앳되어 보이지만 당찬 기운이 얼굴에 흐른다. 학교 앞에서 승차하여 마을을 몇 개 지났다. 정차 벨 소리가 들려 버스를 세워 문을 열어주고 사이드미러로 뒷문을 모니터하는데 사람은 안 보이고 웬 짐 덩어리가 하차하는 것이 보였다. 그 학생이다.

오전 운행을 마치고 오전에 오가던 노선을 다람쥐 쳇바퀴 돌 듯 다시 운행하였다. 짐 덩어리가 내리던 마을을 지나는데 바로 그 여학생이 버스에 올랐다. 몸이 많이 불편해 보이는 중년 여성과 함께. 혼자서는 거동하기 힘들 것 같은 장애인 여성이었다.

"어른 하나, 학생 하나요!"

버스 뒤로 가서 둘이 나란히 앉았다. 시끄러운 버스 내 소음에 묻혀 대화 소리는 들리지 않았지만 조용히 웃는 모습에 둘만의 행복한 대화가 오가고 있음은 확실했다. 기숙사에서 일주일 만에 돌아온 모녀의 대화가 어떤 내용인지 시골버스 기사는 궁금했지만 주책맞게 물어볼 수도 없고.

몸이 불편한 엄마는 딸이 기숙사에서 돌아오기를 일주일 내내 기다렸다. 딸이 집으로 돌아오는 그날은 엄마의 유일한 외출이었으리라. 어린 여학생은 집에 기숙사의 흔적을 내려놓기가 무섭게 엄마 손을 잡고 괴산 읍내로 외출을 한다. 행여 버스에서 넘어질세라 힘주어 엄마 손을 꼭 잡고 조심스레 버스 발판을 내려섰다. 괴산 터미널에 한 무리의 또래 남학생이 모여 있는 것을 발견한 여학생은 남학생들의 시선을 의식한 듯 머리를 숙였지만 엄마와 꼭 잡은 손은 절대로 놓지 않았다.

7
깻 자루 할머니

'불정면'의 '목도'를 향하여 부지런히 가고 있는데 '백양'쯤 지났을까. 반대편 승강장에 계시던 할머니 한 분이 버스 쪽으로 뛰어오신다. 버스를 세우고 오실 때까지 기다리는데 인기척이 없다. 사이드미러로 확인해보니 지나쳐온 승강장 건너편으로 부지런히 발걸음을 옮겨 바닥에 버려두었던 보자기로 싼 자루 하나를 들고서야 버스 쪽으로 오시는 게 아닌가? 가뜩이나 시간이 촉박한 노선이어서 마음도 조급했건만 할머니를 기다리느라 몇 분을 소비하였다.

승차하시는 할머니께 기사가 볼멘소리로 "어르신 버스 가는 방향에 계셔야지 반대편에 계시면 기사가 모르고 그냥 지

나갈 수 있어요!" 버스를 세워 드린 것에 고마움을 가지시라
는 뜻으로 말씀드렸다.

"버스가 그냥 지나갈까 벼 내가 깻 자루 거기다 놔뒀는디
안 보고 지나가면 워떡한뎌."

'이거 말대꾸를 해야 하나? 말아야 하나? 버스 세워주어서
고맙다고 하시지는 못할망정 그게 깻 자루인지 콩 자루인지
누가 버린 쓰레기 자루인지 내가 어떻게 아나?'

맘속이 부글부글하였다.

"오늘 짜야 낼 부치지! 버스 놓쳤으면 지름 못 짤 뻔했네!"

"어르신 버스비 내시고 앉으세요! 앉으셔야 출발할 거 아
닙니까!"

"가만 있어봐유! 내가 차비를 워따 뒀드라?"

온몸을 뒤져서 차비를 꺼내시는데 또 몇 분이 경과했다.

"못 찾으시겠으면 내리실 때 내세요!"

"난 승미가 앗쌀해서 낼 건 내야 혀!"

'노인네 고집도 엄청나네.'

지금 운행 중인 노선은 불정면의 목도를 통과하여 음성까
지 가는 노선이다. 막힘 없이 운행해도 배차시간 맞추기가 까
다로운 노선이다. 그래서 기사들 여유시간이 거의 없는 노선

이다.

"어르신 때문에 시간 다 잡아먹어, 종점에 가면 기사 화장실 갈 틈도 없어요!"

"기사 양반 미안허이! 내 들지름 짜서 낼 우리 아들한테 부쳐야 해! 우리 아들이 많이 아픈데 생들지름이 아픈 사람에게 그렇게 좋다는구먼."

허리가 굽을 때로 굽어서 더 이상 펴지지도 않는 허리를 하시고 자식 위하는 마음에 그 무거운 깻 자루 드는 일도 마다하지 않으신 거다. 자식은 이런 사실을 알기나 하나? 아들이 아프다는 소리에 시골버스 기사는 급 반성모드가 되었다. 어르신에게 괜한 짜증을 부린 건가?

'나 아직 방광이 멀쩡하니 이번 타임에는 화장실 안 가도 되고 정 급하면 한적한 곳에 버스 세우고 밭에다 갈기면 되지 뭐!'

버스는 목도리 초입에 있는 방앗간에 도착하였다. 미안한 마음에 두말하지 않고 깻 자루를 내려드렸다.

'어! 은근히 무겁네!'

여러분은 시골에 계신 부모님에게 고춧가루, 참기름 등을 받아 본 적이 있는가?

"이런 걸 힘들게 왜 보내시지? 그냥 사 먹으면 되는데. 이제 농사 좀 그만하시라니까요!"

이것이 받아 본 사람들의 한결같은 대답일 거다. 그러나 그 농산물은 부모님이 할 일이 없어서 만든 것이 아니라 당신들의 인생을 갈아 넣어서 만든 수확물이다. 부모님 정성에 보답하는 길은 감사하다고 말로만 때우지 말고 현대사회는 돈이 중요한 자본주의 사회인 만큼 현금으로 보내드리면 된다.

혹시 얼마나 보내드리면 되는지 궁금한 분들을 위하여 원가 계산을 해드리면,

1) 1차 농산물 생산비

2) 가공비

3) 물류 유통비 및 인건비

4) 부모님의 자식 바라기 정성

5) 부모님 이윤

6) 가공하러 방앗간 갈 때 고추 자루, 깻 자루 들고 버스 타고 가면서 버스 기사에게 싫은 소리 들은 것에 대한 정신적 피해 보상비

7) 기타 등등

결론, 가정경제가 허락하는 한 최대한 많이 보내드리기를 바란다. 누가 시켜서 하는 일도 아니요, 1년 농사를 마치면 '내년에는 다시는 농사 안 짓겠다'고 말씀하신다. 버스에 타시는 어르신 중 내년에도 농사짓는다고 하시는 분 아직 한 분도 못 봤다. 그러나 다음 해에 또 그 밭, 그 논에 나가 농사를 짓는다.

　시골 노인에게 농사는 신과 같다. 농사짓는 행위는 신을 모시는 종교 행위다. 생명이 다하는 날까지 농사를 지으신다. 그리고 가장 듣기 싫어 하는 말씀이 '이제 농사 그만 지으라!'는 말이다. 특히 자식이 그렇게 말할 때.

8
어머니는 죄인이다

길고양이는 도시뿐만 아니라 시골에도 많이 있다. 오히려 도시보다 시골에 고양이가 더 많아 보인다. 우리 집 데크는 한 무리 길고양이들의 아지트다. 집 앞에서 죽치고 있던 불쌍한 표정의 길고양이 한 마리를 아내와 큰딸내미가 매몰차게 내치지 못하고 밥을 준 것이 계기가 되어 그놈이 새끼를 낳고 다시 그 새끼가 또 새끼를 낳고. 스무 마리까지 숫자가 늘어났다가 지금은 평균 여섯 마리 정도 된다. 집 나갔던 놈까지 합류하면 여덟 마리가 우리 집 데크를 점령하고 있으면서 먹고, 자고, 싸고.

그리고 길고양이 어미가 버린 눈도 안 뜬 새끼를 집으로 데리고 와서 우유 먹여 키운 두 달 된 새끼 고양이 한 마리와 우리 집 반려묘인 여덟 살 먹은 샴고양이 한 마리, 이렇게 두 마리는 집 안에 돌아다니며 나를 괴롭히고 있다. 이로써 나는 총합계 열 마리의 고양이를 먹이는 사료 값을 충당하기 위하여 월급의 상당액을 갈취당하며 꿋꿋이 버티고 잘살고 있다.

짐승의 비정함이야 〈동물의 왕국〉에서 익히 봐 왔지만 우리 집 데크에서 보게 될 줄은 짐작도 못 했다. 고양이들은 발정기가 되면 밤마다 기묘한 소리를 내며 돌아다니다가 어느 순간 아랫배가 불룩한 상태가 되어 나타난다. 암놈들이 집 창고나 구석진 곳을 배회할 때쯤 아내가 종이 박스에 이불이나 헌 옷가지를 넣어 바람이 덜 들이치는 구석진 곳에 놓아주면 며칠이 지나지 않아서 새끼들을 낳는다. 낳은 새끼 중 약해 보이는 놈은 에미가 수유도 안 하고 영하의 날씨에도 돌보지 않아 그냥 내버려 두어 죽게 만든다.

이기적인 유전자의 선택에 의하여 이루어지는, 생명체의 생존확률을 높이기 위한 본능이라고 유전학 책에서는 말하고 있지만 유전학자의 말장난같이 느껴지며 내 눈높이에서는 전혀 그 작동원리가 경이롭거나 합리적이기는커녕 잔인한 동물들의 비정함 그 자체이다. 그것이 순리라 받아들이라고 하지만 나는 목구멍에 걸린 가시같이 껄끄러움이 느껴진다. 그리고 인간도 그 범주에서 벗어나지 않는다고 학자들은 얘기한다.

　시골 장날 시골버스에 남녀 승객 두 명이 승차했다. 남자는 한 60은 되어 보이고 뒤이어 팔순이 지난 듯한 할머니 한 분이 버스에 올라오셨다. 무거운 짐은 할머니가 들고 사지가 멀쩡하고 롱 패딩으로 겹겹이 두른 남자는 버스에 오르자마자 의자에 털썩 주저앉아 히죽거리고 있었다. 할머니는 기사에게 두 명을 찍어달라고 말씀하시고는 들고 온 짐보따리를 버스 바닥에 끌 듯이 옮기는 것으로 보아 할머니에게는 벅찬 무게임이 분명했다.

　"어르신 제가 옮겨 드릴까요?"

　기사가 함부로 승객 짐에 손대는 일은 파손 등의 이유로 가능한 안 하는 것이 옳다. 좋은 뜻으로 어르신 짐을 옮겨 드리다가 안 좋은 일을 당하는 경우도 있다.

　"기사 양반 괜찮아요!"

　"네가 들어!"

　히죽거리던 그 남자가 마지못해 짐을 옮겨놓자 그제야 자리에 앉은 할머니 모습을 룸미러를 통해서 마주했다.

　모자母子. 건조한 얼굴에 깊게 파인 주름, 자신의 육체적 한계를 극복하고자 하는 의지로 총명하게 빛나는 눈, 미용실 앞에는 간 적도 없는 다듬지 않은 짚 같은 머리, 스웨터 차림의 초라한 행색. 기름기가 번들거리는 얼굴, 흰자위가 보이는 멍청한 눈, 깎지 않은 수염, 히죽거리는 입, 절대 얼어 죽을 염려는 없을 것 같은 롱 패딩. 뭐 하나 맘에 드는 게 없었다.

　어머니는 죄인이다. 어머니는 천형을 받아 모자란 아들을 낳았다. 그 업을 갚느라 자연의 섭리를 거역하고 평생을 죄인처럼 산다. 다른 자식은 장성해 도시로 나가 자신들의 행복한 삶을 영위할 때도 어머니는 늙어가는 아들을 보살피느라 그 흔한 패딩 점퍼도 없이 스웨터 하나로 모진 겨울을 버틴다.

VII

분노 유발자들

① 저를 구원하소서

시골 사람들 일상생활은 굴곡이 거의 없다. 아예 없는 것은 아니지만 삶의 곡선 기울기가 크지 않고 완만하다. 매일 단조로운 일상이다 보니 본인 스스로 재미를 찾아 엄한 일을 저지르기도 한다. 특히 일상생활 중 버스 타고 다니는 일을 그중 가장 큰 이벤트로 여기는 승객들이 종종 있다.

시골버스를 타고 괴산 바닥을 유람하는 것이 일상에서 큰 비중을 차지하다 보니 버스에서 일어나는 일들로 자신의 생활 리듬을 갖는 것처럼도 보인다. 그러하니 버스 기사는 그 이벤트 중심에 서 있는 핵심 인물이다. 버스 기사는 그만큼 승객들 입에 자주 오르내리는 인물이라는 말이다.

버스 기사에게 인사를 건네었는데 안 받았다던가 운행 중 노인들에게 앉아 계시라고 큰소리로 윽박질렀다던가 버스를 과격하게 몰았다던가. 이 모든 일이 시시비비 가리기도 전에 이분들에게는 좋은 민원 감이다.

대한민국 검사들만이 갖고 있는 기소독점주의와 비슷하다. 본인에게 친절하여 맘에 드는 기사는 규정을 어기더라도 착한 기사로 인정하며 그렇지 않은 기사는 승객 본인 안전을 위하여 한마디 한 것도 괘씸죄에 걸려 회사 사무실로 군청 교통계로 하루걸러 한 번씩 민원전화를 한다. 버스 승객에게 불친절하게 대했다고. 특히 상대적으로 젊은 기사나 배차받은 지 얼마 안 된 신입 기사는 귀신같이 알아보고 일상의 지루함을 달래는 제물쯤으로 생각하는지도 모를 일이다.

시골버스 기사들에게 악명 높은 민원의 여왕쯤 되시는 분이 있다. 들리는 소문에 의하면 이혼하고 도시에서 시골로 내려와 혼자 살면서 개 세 마리를 키우는 나이 60세 잡순 아줌마다. 하여간 본인은 괴산의 모든 기사가 자신만 처다본다는 착각을 하는지 버스에 타고 있을 때나 혹은 승하차 시에도 기사의 시선을 의식하는 것이 느껴진다. 우리 회사에 근무하는 기사 중 신입 기사를 제외하고는 그녀를 모르는 기사가 거의 없다고 장담할 수 있다.

안면인식장애 성향이 살짝 있는 나조차도 그녀의 얼굴은 또렷이 기억한다. 사실은 나도 1년쯤 전에 그 여자와 시비가 붙었다. 그러하니 그 얼굴을 기억할 수밖에.

얼마 전 젊은 동료기사가 그 여자와 실랑이가 있었다. 내용인즉 시골버스 승객은 거동이 불편한 어르신이 대부분을 차지하다 보니 기사들은 룸미러로 그분들의 하차를 일일이 확인하고 버스를 출발시키는 것이 버릇처럼 몸에 배야 한다. 기사가 머리를 들어 룸미러로 뒷문 상태를 확인할 때면 그 자리에 앉아 있는 승객과 눈이 딱 마주치는 자리가 있다. 뒷문 바로 뒷자리가 그 자리다.

그런데 그 여자는 꼭 거기에 앉는다. 그날도 젊은 기사는 뒷문 상황을 살피다가 그 여자와 눈이 마주쳤다고 한다.

"개xx! 왜 쳐다보고 지랄이야!"

그 여자의 선전포고 격인 일갈이다. 여러분은 상상이 안 가실는지 모르지만 그 여자 얼굴 표정이 하나도 흐트러짐 없이 심한 욕을 잘한다. 나도 당해봐서 안다. 아직은 혈기가 왕성한 젊은 기사이다 보니 곧바로 대응 사격을 했다.

"별 미친x를 다 보겠네!'

이렇게 시작한 말에 불꽃이 튀고 시퍼런 칼날이 오고 가는 전쟁이 시작되었다. 경찰을 부르고 선배 기사가 거들고 민원을 넣고.

그 일 때문에 젊은 동료기사는 다른 버스회사로 이직했고 그 여자는 사무실로 군청으로 민원전화를 하며 거들었던 기사로부터 사과를 받겠다고 한참을 시끄럽게 했다. 결국 군청 담당자의 주선으로 선배 기사와 화해하는 선으로 마무리 지었지만 거들던 선배 기사는 독설의 유탄에 맞아 트라우마에 시달렸다.

"한 기사! 나 2개월 후에 그 여자가 타는 노선으로 가야 하는데 어떻게 하지?"

"형님! 저도 한 달만 지나면 그 노선으로 가야 하는데 제가 지금 남 걱정해 줄 처지입니까?"

그러나 우리는 앞으로 다가올 암울한 미래를 대비해 무언가를 해야만 했다. 그래서 시골버스 기사도 하나님께 기도할 기도문을 작성했다.

'주님! 한 달 뒤면 그 여자가 있는 노선으로 갑니다. 이제 방패가 없어져 그 시련을 제가 온몸으로 맞습니다. 제발 그

녀의 독사 같은 혀에서 뿜어져 나오는 독설로부터 저를 보호해 주시고 저를 시험에 들지 않게 해 주옵시고. 어쩌고 저쩌고.'

그런데 아마 이런 기도 문구는 독설의 유탄에 맞은 선배 기사가 진즉에 써먹었을 것이라는 확신이 들었다.

'나는 뜨내기이고 그분은 원래 독실한 분이었으니 아마 하나님이 내 기도를 못 들으실지도.'

그래서 기도 문구를 바꾸었다.

'제가 그 형님보다 그 노선에 한 달 먼저 갑니다. 주님! 저를 먼저 구원하소서!'

드디어 민원의 여왕이 매일 승하차하는 노선을 운행하는 시간이 나에게 도래했다. 그렇게 신께 '저를 구원해 달라'고 목놓아 울부짖은 기도빨이 먹혔는지 그 노선을 운행한 지 나흘이 지났건만 그 여자는 한 번도 내가 운행하는 버스를 탄 적이 없다.

'혹시 이 여자가 이사를 갔나? 아니면 설마 이 세상을 하직? 아니면 정말 기도가 하늘에 닿은 것인가?'

온갖 행복한 상상을 하며 그 노선으로 그 여자가 승차하던 승강장을 지나고 있었다. 멀리서 보니 승강장 안쪽에서 버스를 타기 위해 자리에서 일어나는 실루엣이 보였다. 순간 머릿속이 하얘지면서.

'그럼 그렇지! 내 팔자에.'

자조 섞인 장탄식이 시골버스 기사의 입 밖으로 그것도 꼭 맛있는 간식을 본 개가 군침을 흘리는 것처럼 입술을 타고 흘러내렸다. 버스 승강장에 가까이 갈수록 가슴은 콩닥거리며 긴장감에 온몸의 털이 곤두서고 있었다. 드디어 승강장에서 버스에 오르는 승객을 보니 '어랏!' 지팡이를 들고 계신 할머니다.

'그래! 내 기도가 하늘에 닿은 거 맞아!'

시골버스 기사는 만족한 미소를 얼굴 한가득 흘리면서 버스를 출발시키고 있었다. 버스에 미리 타고 계셨던 다른 승객이 '버스 스톱'을 외친다. "저기 누가 뛰어와요!"

그 승객이 이 버스를 놓치면 앞으로 족히 두 시간을 기다려야 되는 것을 알기에 시골버스 기사는 잠시 기다려 주기로 아주 큰 마음을 먹고 그 뛰어오는 승객을 기다렸다. 지금 정차해 있는 승강장이 그 여자가 버스를 타던 승강장이라는 것도 깜빡 잊은 채. 멀리서 뛰어오던 승객이 버스에 점점 가까워지면서 버스 사이드미러로 승객의 얼굴이 보이기 시작했다.

'헉! 그 여자다! 그러면 그렇지!' 장탄식이 한 번 더 입 바깥으로 흘러나왔다.

"아이고 힘들어라! 안녕하세요!"

"네! 안녕하세요!"

혹시 그 여자가 못 들었을까 봐 큰소리로 대답하였다. 인사받지 않았다는 이유로 그 여자에게 무지막지한 욕을 또 듣는 것이 두려워서. 그 여자는 숨이 찬 목소리로 한마디 더 하였다. "기다려 줘서 고맙습니다."

어쨌건 그 여자와의 대면은 그렇게 끝이 났다. 저녁 시간이 되어 마지막 노선을 돌고 괴산 터미널로 돌아오는데 다시 그 여자가 승차하였다.

"오늘 아침에 기다려 주셔서 너무 고마웠습니다."

그렇게 이야기하는 것을 보니 예전 그 사람이 아닌 것 같았다.

'인생의 깨달음이 있어 성정이 바뀌었나? 사람은 잘 안 바뀌던데.'

여러 가지 의문점이 들었지만 오늘 하루를 무사히 보낸 것에 감사드리며 괴산 터미널로 돌아와 하루를 마감했다. 그리고 시골버스 기사는 고민에 빠졌다.

'기도빨 유효시간이 나흘인가? 아니면 한 일주일 가나? 혹시 설마 이거 한 달 내내 기도해야 하는 거 아닌가!'

② 각서 대신 시말서

여름을 부르는 봄비가 촉촉이 내린다. 이런 날이면 남한강 줄기 두물머리 근처 고급스러운 카페의 넓은 유리창을 흘러내리는 빗물을 보면서 사랑하는 그녀와 향기로운 커피를 한잔 마시면 좋겠다. 나는 특별히 카푸치노를 좋아하는데 이 커피는 테이크아웃 해서 빨대로 빨아먹으면 절대 안 된다. 빨대로 흡입하면 층층이 쌓인 거품과 시나몬 가루를 동시에 먹을 수 없기 때문이다. 무늬가 없는 백색의 커다란 잔에 입을 대고 달콤하고 향기 나는 시나몬 가루와 부드러운 거품, 그리고 진한 커피를 동시에 쭉 들이킬 때 진정한 카푸치노를 느낄 수 있기 때문이다. 커피를 마실 때 입술에 묻은 부드러운 거품은 상대방의 키스를 부르는 입술로 변한다. (그 냥 그렇다는 말이다! 확대 해석은 하시지 말기를.)

그러나 이렇게 봄비가 촉촉이 오는 날이면 아무도 없는 시골버스 운전석에 앉아 300원짜리 자판기 커피를 마셔도 괜찮다. 비록 앞에 사랑하는 그녀는 없지만 사랑하는 아내와 아이들 모습이 버스 앞 유리창에 오버랩되어서 좋다. 그것이 아니라면 버스를 타려고 승강장에 새벽부터 나와 계시는 할머니도 예뻐 보이는 아침이다.

'이 비가 그치면 산에는 푸른빛이 짙어 오겠다.'

기억은 가물거리지만 학창 시절 국어 교과서에 있던 시구절이다. 괴산에도 이 비가 그치고 나면 온 산과 들이 녹음으로 우거질 것이다. 모든 풀은 쇠어서 장작처럼 뻣뻣해질 것이요, 나무들은 퍼머한 시골 아주매처럼 풍성한 나뭇잎 숱으로 가지를 덮을 것이다.

봄이면 괴산의 산은 각종 산나물이 지천이다. 주변 소도시나 청주에서도 괴산까지 나물 채취 원정을 오시는 아주매들을 자주 만난다. 특히 봄비가 내리기 바로 전이 절정기여서 평상시에는 볼 수 없는 등산복 차림의 중년 여성들이 버스를 타고 괴산 바닥을 헤집는다.

며칠 전 따뜻한 봄날 증평에서 아주매 두 분이 버스에 승차했다.

"이 버스 청천 가나요?"

"네!"

"진더리도 가나요?"

"네! 청천도 가고 진더리도 갑니다."

보통 나물을 채취해서 생업을 영위하시는 분들은 시골 할머니 차림이시다. 전혀 화장기 없는 얼굴, 몸빼바지, 쌀자루에 빨랫줄을 끼워 만든 배낭, 그리고 장화. 그러나 이 두 분은 옷차림새를 보아하니 도시에 사시는 아주매들이 나물 채취 겸 봄나들이 가시는 것이 확실하다. 화사하게 화장한 얼굴, 알록달록한 등산복, 소위, 메이커 등산화. 특히 그날 아침 아주매는 진한 화장과 아침에 미장원에 들렀는지 사자머리 같은 풍성한 갈기가 보였다. 나물을 캐러 왔는지, 남자를 캐러 왔는지.

진더리는 나물 캐는 아주머니들의 천국이자 성지다. 증평과 청천을 오가는 사이에 있는 외딴 마을인데 봄이면 근처는 물론 청주 같은 대도시에서도 원정을 오는 곳이다. 승객 한 분이 진더리로 들어가는 입구에서 내렸다. 승객을 하차시키고 기어를 갈아 넣고 출발하려고 버스를 움직이는 순간. 룸 미러로 뭔가 움직이는 것이 보였다. 그 사자머리가 자리를 옮기고 있었다. 자리를 옮겨 앉기를 기다리다 버스를 출발시켰다.

"손님! 어디까지 가십니까?"

"진더리!"

"몇천 리 가시는 것도 아니고 몇 분만 가면 도착할 텐데 자리 옮겨 다니지 마세요! 그러다 넘어지면 다치잖아요!"

"버스 안 움직일 때 옮겼잖아요! 별걸 다 갖고 시비야! 애한테 나무라듯 하네."

"이거 보세요, 아주머니! 원인과 결과가 틀렸잖아요! 아줌마가 자리를 옮기니까 출발을 못 하고 기다린 거예요! 그리고 말씀 가려서 하십시오! 제가 언제 시비를 걸었습니까?"

"내 몸은 내가 알아서 해요! 참 기분 더럽네! 내가 이놈의 버스 또다시 타나 봐라!"

"아주머니가 버스를 또 타시든 안 타시든 저랑은 상관없는 일이고. 좋습니다. 그러면 오늘같이 아주머니 부주의 때문에 혹시 다치는 일이 발생하면 버스 기사나 버스 회사에 민형사상 책임을 묻지 않겠다는 각서 하나 쓰십시다."

"아니! 내가 왜 각서를 씨! 못 써!"

그리고는 어디엔가 전화를 걸었다. 애인인지 남편인지 모르는 남자에게 오후에 데리러 오라는 내용이었다. 전화를 남자가 받았는지 여자가 받았는지 버스 기사가 어떻게 알았을까 하고 궁금하실까 봐 말씀드리는 건데. 그 사자머리는 스피커폰 기능으로 통화를 했다. 그렇게 옥신각신하다가 사자머리가 진더리에서 내리면서 실랑이는 끝났다.

그리고 약 5분 후 사무실에서 전화가 왔다. 웬 여자가 사무실에 민원전화를 했는데 버스 기사가 본인을 애처럼 나무라면서 시말서를 쓰라고 그랬다나. 한 기사님이 그랬냐고.

'아니 웬 시말서.'

자초지종을 설명하고 각서 얘기를 했더니 껄껄거리면서 뒤집어지는 소리가 전화기 너머로 들렸다. 다시는 버스를 안 탄다고 했으니 두 번 다시 그 사자머리는 볼일이 없겠지만 한 번이라도 다시 보게 되면 그땐 꼭 각서 대신 시말서라도 한 장 받아야겠다.

3
'분명히 저분이 범인이야!'

　　시골버스 기사에게 시골 소도시 장날이란 5일
에 한 번씩 치르는 홍역 같은 것이다. 물론 평상시 승객 숫자
하고는 비교평가가 불가능하지만 늘어난 승객 숫자는 큰 문
제가 되지 않는다. 장날 읍내로 나오시는 분들의 면면을 살펴
보면 9할 이상이 80대 이상 노인들이다. 도시에서 시내버스
를 하다가 오신 기사님들도 장날 승객 숫자는 문제 삼지 않지
만 노인들이 대다수인 시골 장날 버스 운행에는 머리를 가로
젓는다.
　　어떤 승객이 타는지는 그날 기사의 목 상태를 가늠하는 잣
대이다. 괴산 시골버스 기사들은 각자 나름의 비법을 동원하

여 승객 안전사고를 미리 방지하기 위하여 부단한 노력을 기울인다. 귀가 잘 안 들리시는 노인들에게 큰소리로 주의를 환기하다 보면 가끔 목이 쉬는 경우도 생긴다. 그럼에도 나의 목소리 쉬는 것으로 노인 승객의 사고를 방지할 수 있다면 언제든지 기꺼이 받아들이는 것이 시골버스 기사 마음일 거다.

〈동물의 왕국〉에서 보면 사자나 표범 등이 사냥하여 먹잇감을 구하면 그 자리에서 먹지 않고 자신만의 안전한 장소로 이동하여 먹는다. 사람도 본능적으로 동물과 다르지 않아 자신만의 안전한 장소를 선택하여 취득한 먹이를 취식한다.

괴산 시골버스 기사들이 그렇게 피하고 싶었던 따뜻한 어느 봄날의 장날. 터미널 의자에는 빈자리가 하나도 없도록 노인분들이 앉아 있었다. 손에는 뻥튀기나 커피 혹은 음료수 등을 들고 계시는데 터미널 의자에서는 개봉을 안 하신다. 개봉 장소는 바로 버스 안이다. 버스에 승차하시면 자리에 앉아서 제일 먼저 하는 일이 간식 포장지 개봉이다.

일종의 본능과도 같은 행동인데 노인들은 버스 안을 자신들만의 안전한 장소로 여기시는 모양이다. 특히 지금 코로나19와 같은 전염병이 유행하는 시절에 밀폐된 버스 실내에서 음식물 섭취는 안 될 행동이다. 버스 기사는 당연히 제재하여야 하며 이 상황을 방치함은 직무 유기이다.

그날도 버스 좌석이 할머니, 할아버지들로 만석이었다. 전방에 있는 과속방지턱을 넘어가느라 온 신경을 발끝에 모아 브레이크를 컨트롤하는데. 버스 뒷자리에서 동그란 물체가 떼구루루 굴러 운전석 브레이크 페달 받침대까지 와서 멈췄다.

소위 박카스 병이었다. 누군가가 마시고 병을 바닥에 버렸는데 버스가 감속되니 운전석까지 굴러온 것이다. 병은 다행히 브레이크 페달 받침대에 걸려 멈추었다. 시골버스 기사는 가슴이 철렁하면서 눈에 쌍심지가 켜졌다. 길옆으로 버스를 세우고 일어나 뒤를 보았다. 왜 버스가 안 가고 섰는지 의아한 눈들이 버스 기사를 쳐다보았다.

"이거 어느 분이 드시고 차 바닥에 버렸습니까?" 최대한 감정을 자제하면서 이성적으로 말하려고 애를 썼다. 그러나 목소리는 분노로 조금씩 떨리고 있었다.

"세상에 아무리 시골버스라 해도 최소한의 예의가 있어야 하는 거 아닙니까?"

버스에 타고 있던 모든 승객이 버스 기사와 눈을 마주치지 않으려고 먼 산을 보거나 고개를 떨구고 바닥을 응시하고 있었다.

"오늘 병 주인 안 나오시면 버스 운행 그만하겠습니다." 험악한 상황에서 누가 선뜻 자신이 했다고 나오겠는가?

"그만하고 갑시다."

"그래! 대충해!"

"그럴 수도 있지!"

어라! 점점 점입가경이다. 한 사람이 한마디 하니 서로서로 한마디씩 이러다가 그냥 출발하게 생겼다. 이래서 군중심리를 실감하는구나 하는 생각이 들었다. 손가락으로 버스 실내에 있는 카메라를 가리키면서 이렇게 말했다.

"지금 비디오 확인하여 박카스 병 버리신 분 찾아내겠습니다."

그러자 웅성웅성하던 분위기가 찬물을 끼얹은 것처럼 숙연해졌다. 사실 그 자리에서 비디오 확인은 불가능했지만 시골 노인들 앞에서 거짓말 좀 했다. 그중 얼굴빛이 변한 한 분이 계셨는데 평상시 버스를 이용하던 어르신으로 기억된다.

'분명히 저분이 범인이야!' 그러나 심증은 가나 물증이 없다. 사실 이렇게 이벤트를 한 것은 놀란 마음도 있지만 승객의 안전을 위하여 한 번쯤 경각심을 불러일으키는 것도 나쁘

지 않겠다는 생각이 들었던 것이다. 이 버스에 타고 계셨던 노인분들이 다른 버스에 타시더라도 오늘을 조금이라도 기억해 주시길 바랐다. 그래서 일장연설로 마무리하고 다시 버스를 운행했다.

그 사건 이후 가끔 브레이크 페달 밑에 무언가 끼었는지 버스가 서지 않아 애태우는 꿈을 꾸다가 놀라서 깨기도 한다.

눈을 맞추세요

엄마 젖을 먹고 있는 갓난아이를 본 적이 있는가? 한결같이 모두 엄마 얼굴에 모든 신경을 집중하고 있다. 입으로는 엄마의 젖을 빨면서 눈은 엄마를 주시한다. 좀 더 정확히 말하면 엄마와 눈을 맞춘다. 엄마의 사랑을 확인하는 것이다.

연인은 서로 눈을 맞추면서 이야기한다. 상대방의 달콤한 말보다 눈으로 상대방의 진실을 확인하고 싶은 것이다. '연인들이여, 본인과 눈을 맞추지 않는 이성과는 빨리 헤어져라!' 이것이 진리다. 뭔가 숨기고 싶은 것이 있음이 분명하다.

비즈니스에서도 처음 인사를 나눌 때 악수는 눈을 보면서 목례는 고개를 숙이기 전후 관계없이 상대방 눈을 응시한다.

'저놈이 우리 회사에 득이 될 건가, 독이 될 건가?' 진심을 알고 싶은 것이다.

'눈은 마음의 창'이라고 했던가! 누군가 마음속 의도를 알고 싶으면 상대방의 눈을 봐라! 모든 승강장에 버스를 정차했다가 출발하는 것이 정석이다. 교통법규에도 승강장 무정차 통과에 대하여 불법으로 간주하고 단속한다. 그러나 이것은 도시의 일일 뿐 시골버스에서 적용하기란 어려운 부분이 있다.

도시에서 다니는 시내버스보다 긴 거리를 운행하는 시골버스가 모든 승강장에 정차하면서 버스노선을 완주하기에는 불가능한 부분이 있다. 마을 가운데 있는 승강장에는 버스를 기다리는 승객보다 친구들과 담소를 즐기거나 비나 햇빛을 피하려고 앉아 계시는 노인분들이 대다수다. 이분들 중에서 버스를 타려는 승객을 가려내는 방법은 의외로 간단하다. 버스를 서행하면서 눈을 마주친다. 승강장에 그냥 쉬러 나온 분은 기사의 눈을 외면한다. 버스 안 탄다고 손이나 한번 가로저어 주시면 좋을 것 같은데 굳이 기사의 눈을 외면한다.

아니면 기사와 굳이 눈싸움하는 할아버지도 있다.

'네가 이기나, 내가 이기나.'

나도 안 지고 응수한다.

'어르신이 먼저 눈을 피하나, 내가 눈을 피하나.'

시골 승강장은 상행이든 하행이든 한쪽만 있어도 반대편도 존재하는 것으로 간주한다. 청천에서 증평을 가려면 질마재라는 고개를 넘는다. 아무래도 무게가 제법 나가는 버스이기에 기사는 평지에서 가속을 붙여서 언덕을 넘으려고 애쓴다. 그러면 엔진에도 무리를 안 주고 톱기어로 정상까지 무사히 올라갈 수 있다. 질마재를 오르는 중간에 이름도 정겨운 오리목이라는 승강장이 있다. 증평 쪽 상행에는 없고 청천 쪽으로 하행에는 있다.

따뜻함이 충만한 햇볕이 쏟아지던 어느 봄날. 청천에서 증평 쪽으로 질마재 정상을 향하여 버스 액셀 페달을 부지런히 밟고 있었다. 오리목을 살짝 지났는데. 옆 풀숲에 움직임이 감지되었다. 사이드미러로 보니 할머니 한 분이 한 손으로 허리춤을 부여잡고 다른 한 손은 버스를 향해 손짓하는 것이 보였다.

버스 승강장을 지난 터라 바로 제동을 하였지만 버스는 승강장을 30m 정도 지나쳐 정지하였다. 한참을 기다려 할머니가 버스에 승차하셨다.

"왜 사람을 보고 그냥 지나간데."

'아니 이게 무슨 경우 없는 소리?'

"어르신 풀숲에 쪼그리고 앉아 계시면 버스에서 안 보여요! 그런데 도대체 거기서 뭘 하셨는데 버스 오는 게 안 보이셨나요?"

사실 기사는 사이드미러로 할머니 행동을 보고 상황을 미리 파악했으나 모른 척하면서 되물었다. 그러면서 기사는 할머니와 눈을 맞추었다. 그 순간 할머니 눈빛이 쥐구멍으로 향했다.

"그래도 그렇지, 늙은이 운동시키나?" 당신의 창피함을 만회하려는 듯 버스 안 사람들 모두 들도록 큰소리로. 이번에는 기사 눈을 째려보면서 말씀하셨다. 이 장면에서의 침묵은 금이 아니라 고철만도 못한 것이라는 생각에. 할머니 눈으로 쳐들어갈 듯이 들여다보면서 말했다.

"어르신! 노상 방뇨하시다가 버스 놓친 걸 기사한테 덤터기 씌우시면 안 되죠!"

기사는 이제 몇 년 더 있으면 환갑이 되는 나이이다. 본인 말로는 이성적인 지성인이라 자칭하지만 나 자신이 보기에도 변덕이 팥죽 끓듯 하는 수양이 부족한 인간임에 틀림없다.
노인네들하고 눈싸움이나 하고 있으니.

5
내적 갈등

증평역을 떠나 부지런히 괴산을 향하고 있었다. 중간에 들러야 하는 마을을 빼먹지 않으려고 무던히 애쓰며 운행한 결과 다행히 차질 없이 증평 시내에 도착하여 역 도착을 5분 여쯤 남겼을 무렵 사무실에서 전화가 왔다.

"한 기사님! 통화 가능하신가요?"

"오~케이! 말씀하세요!"

"혹시 증평역 13시에 출발하는 노선 조발_{早發}하지 않으셨죠?"

나는 혹시나 시간을 착각하지 않았나 하는 염려로 어색한 웃음을 흘리면서 기억을 되살렸다.

"조발은커녕 1분쯤 늦게 출발했습니다. 하. 하. 하."

"3분 정도 버스가 일찍 출발하는 바람에 버스를 놓쳤다고 군청으로 민원이 들어왔다고 합니다."

아마도 누군가 버스 시간을 착각했는지 버스를 타지 못해 억하심정으로 군청에 전화했는지 짐작은 가지 않지만 조발하지 않은 것이 사실이니 후자가 맞을 확률이 99.9%이다.

"한 기사님! 별 신경 쓰지 마세요! 군청에서는 그냥 그렇다고 통보한 것뿐이니."

찜찜한 구석이 있었으나 그냥 넘기기로 했다. 다음날 바로 그 노선을 운행하시던 선배 기사가 터미널에 들어온 나를 보더니 이렇게 말하는 것이었다.

"한 기사! 어제 들어왔던 민원이 오늘 또 들어왔다고 하네."

"형님! 혹시 조발 안 하셨죠?"

"그럼!"

완전히 상습범이다. 도대체 왜 그랬을까? 왜 사실과 다른 민원을 연 이틀째 제기했을까? 분명히 원하는 것이 있을 텐데. 그리고 얼마 지나지 않아서 사무실 의견이 기사들에게 전달되었다. 증평역에서 괴산으로 오는 13시 노선을 약 2~3분이라도 늦게 출발하자고. 그 순간 시골버스 기사의 머리가 비상히 돌기 시작했다.

'햐! 이놈이 원하는 것이 이거였네! 버스 출발 시각을 몇 분 늦추는 거. 왜 그랬을까?'

먼저 내 추리를 완성하기 위하여 증평역 열차 시간표를 입수해 분석에 들어갔다.

'12시 59분 증평역 출발 1707호 무궁화호.'

증평역에 전화했다. 코레일로 대표되는 전화인지라 증평역 직통전화번호가 필요했다. 인터넷을 뒤져 직통번호를 찾아 전화를 걸었다.

"오늘 12시 59분 출발하는 열차 1707호가 몇 시에 증평역에 도착했는지 알 수 있을까요?"

"무슨 일 때문이신가요?"

역무원이 물었다. 먼저 버스 기사라 신분을 밝히고 사정을 설명했다. 역무원의 대답이 왔다. 열차의 증평역 도착 시각은 12시 58분이 정시라 했고 이날은 열차가 07초 지연해서 12시 58분 07초에 도착했다고 했다. 그리고 아무리 날아가듯 달려 나가도 역 광장의 13시 버스를 타는 것은 불가능하다는 조언과 함께. 결국 열차가 정시에 도착해도 버스를 타지 못한다는 결론이 나온다. 그 민원인은 항상 그 시간의 열차를 타고 증평역에 도착히여 괴산행 13시 버스를 탔던 것이다. 내 예상으로는.

그래서 버스 출발시간을 변경하려고 여기저기 문의했고 질문의 흔적도 동료기사의 증언에서 찾을 수 있었다. 그러나 노선 시간을 변경한다는 것이 불가능하다는 것을 익히 간파한 인간이 궁여지책으로 잔머리를 굴린 것이다.

'하여간 머리는 좋은 놈이네!' 내 입에서 감탄사가 절로 흘러나왔다. 그러나 의도 및 방법은 괘씸하기 그지없었다.

'내 이놈을 잡아서 기어코 물고를 내리라!' 시골버스 기사는 이렇게 결심하고 범인을 검거하러 증평역으로 출동하고자 동료 기사에게 이 사건에 대한 그간의 추리 결과와 증빙자료, 그리고 추후 처리 방향을 브리핑했고 의견을 구했다.

그분 왈, "자비를 베푸소서."

오늘 비번인데 자연드림 카페에서 좋아하는 카푸치노를 한 잔 시켰다. 커피잔을 보면서 고민 중이다. '이놈을 잡으러 가? 말어? 갈등 생기네.'

6

치매 노인 그리고 치매 경찰

괴산에서 증평을 오가는 노선은 사리면이라는 곳을 항상 들른다. 시골버스는 물론이고 서울을 오가는 시외버스도 뻥 뚫린 4차선 신작로를 액셀 페달을 밟고서 100km/h를 넘도록 신나게 달리다가도 사리면에는 꼭 들러서 간다. 시골버스 기사도 증평에서 괴산으로 향하다가 바로 그 사리면을 들렀다. 승강장에 세 사람이 버스를 타려고 대기 중이었다.

"청주? 병원?"

그중 한 할머니 한 분이 기사에게 질문한다. 질문을 유추해 보건대 '내가 청주에 있는 병원에 가야 하는데 이 버스 청주에 가느냐?'란 말씀일 거다.

"청주는 안 갑니다. 괴산 갑니다."

또다시 "병원? 청주?" 순서만 바뀌었을 뿐 내용이나 형식은 앞과 동일하였다. 그렇게 몇 번을 부조리 연극 같은 대사가 더 오갔고 깨끗한 입성과 들고 계신 핸드백 때문에 잠깐 정상인과 혼동하였으나 대화 몇 마디로 할머니에게 치매가 있다고 느껴졌다. 그냥 모른 척한다는 것이 양심에 께름칙하게 느껴져 버스를 길거리에 세워놓은 채 맞은편 파출소로 향했다. 폐쇄된 건물이었다.

'안내문이라도 써놓을 것이지.'

시골 경찰에 대한 불만이 입 바깥으로 잠시 흘러나왔다. 그리고 112 신고.

"80 넘어 보이시는 할머니이신데 여차, 저차, 이렇고, 저렇고."

시골버스 기사는 할머니를 버스 승강장에 놔두고 오는 덕분에 괴산으로 버스를 몰고 오면서도 편치 않은 마음을 달래고자 전화로 경찰 상황실 관계자에게 입을 쉬지 않고 놀리고 있었다. 얼마 후 "땡!" 접수되었다는 메시지가 휴대폰을 울렸다.

[청안파출소 괴산청안가 출동하여 11:44에 현장 도착 예정입니다. 긴급한 경우 010-0000-0000로 연락 바랍니다.]

그렇게 설명하고도 혹시나 승강장을 못 찾을까 하는 노파심에 명기된 번호로 전화를 다시 걸었다.

"경관님 그러니까 그 승강장 위치는."

"기사님 됐구요!" 전화 받는 경관이 시골버스 기사 말을 끊었다.

"아니 아무리 귀찮다고 치매 노인을 승강장에 그냥 내려놓으면 어떻게 합니까? 경찰서에 인수인계하시던가 하셔야지. 무슨 일 있으면 기사님이 책임지실 거요?"

전화를 받은 경찰이 시골버스 기사에게 건네는 일갈이다. 그렇게 입이 아프도록 버스 승객이 아니라고 설명했음에도 불구하고 버스에 타고 계시던 치매 노인을 승강장에 버리고 온 몰상식한 놈으로 나를 몰아붙이고 있었다. 아니 그렇게 상황을 만들고 싶어 하는 것 같았다.

'아니, 이 자식 봐라! 경찰 맞아? 얘들은 상황실에서 상황을 제대로 전달하지 않나?'

마음을 추스르느라 심호흡을 했다. 그 경찰관의 다음 멘트가 더 가관이다.

"기사님! 그분 인적사항 좀 불러주세요!"

내가 면사무소 직원도 아니고 승강장에서 생전 처음 본 할머니 인적사항을 어떻게 안단 말인가? 그 경찰관은 자신의 질문이 뭔가 잘못되었다고 인지했는지 인적사항을 인상착의로 정정해서 다시 물어보았다. 사실 나도 깨끗한 차림새와 핸드백 정도밖에는 기억을 못 했고 기억나는 대로 질문에 답하였다. 할머니를 걱정하는 마음이 없었다면 그 경찰관과 사생결단의 마음으로 대판 하고 싶었으나 참고 또 참았다.

"경관님! 지금 운전 중이니 터미널 들어가서 전화 다시 하리다!"

얼마가 지났을까. 다시 전화가 울렸다. 그 번호다. 그 경찰관이다.

"기사님! 운전 중에 죄송한데 할머니라고 그러셨나요? 그리고 인적사항 좀 다시."

'아니 이런 개아들 같은 놈을 봤나! 이거 정말 돌은 놈일세! 완전히 치매 경찰이야!'

이제는 부글거리다 못해 뚜껑이 반쯤 열렸다.

"이거 봐요! 아까 할머니라고 내가 말 안 했습니까! 기억 안 납니까? 터미널 가서 전화할 테니 전화 그만합시다!"

터미널에 들어와 전화를 다시 했다. 다른 경관이 받았다.

"조금 전 통화는 상황 파악이 안 돼서 실례되는 말씀을 드렸습니다. 기사님께서 좋은 일 하신 걸 저희가 잘못 말씀드려 죄송합니다."

마음이 조금 누그러지며 할머니 안부를 물었으나 발견을 못 하였다고 하였다. 깨끗한 옷차림으로 보아 아침에 집에서 나오실 때는 정신이 맑으셨다고 짐작되며 다시 정신이 들어 집으로 돌아가셨다고 나를 위로하는 수밖에 별도리가 없었다. 그 못돼먹은 경찰관 말처럼 모든 일이 내 책임 같았다.

나는 괴산의
시골버스 기사입니다

초판 1쇄 발행 · 2023년 3월 29일
초판 2쇄 발행 · 2023년 9월 1일

지은이 · 한귀영
펴낸이 · 천정한
펴낸곳 · 문화잇다

출판등록 · 2020년 8월 3일 제446-2020-000006호
주소 · 충북 괴산군 청천면 청천10길 4
전화 · 070-7724-4005
팩스 · 02-6971-8784
블로그 · https://blog.naver.com/munhwait21
이메일 · munhwait21@naver.com

ISBN 979-11-976596-1-4 03810